오후도 서점 꿈 이야기

오후도 서점 꿈 이야기

1판1쇄 펴냄 2023년 3월 29일
1판2쇄 펴냄 2023년 6월 23일

지은이 무라야마 사키 | **옮긴이** 류순미
표지 그림 제딧

펴낸이 김경태 | **편집** 홍경화 성준근 남슬기 한홍비 / 박민주 | **디자인** 박정영 김재현
마케팅 유진선 강주영 | **경영관리** 곽라흔

펴낸곳 (주)출판사 클
출판등록 2012년 1월 5일 제311-2012-02호
주소 03385 서울시 은평구 연서로26길 25-6
전화 070-4176-4680 | 팩스 02-354-4680 | 이메일 bookkl@bookkl.com

ISBN 979-11-92512-20-4 03830

오후도 서점 꿈 이야기

무라야마 사키 지음
류순미 옮김

차례

등장인물

- **츠키하라 잇세이**
오후도 서점 점장. 전 긴가도 서점 문고 담당. 산골짜기 작은 서점을 살리기 위해 고군분투한다. 사람들과 어울리기를 꺼리는 성격이었으나 조금 바뀐 듯하다.

- **오후도 서점 주인**
100여 년을 이어온 오후도 서점을 잇세이에게 맡긴다. 훌륭한 서점인.

- **도오루**
오후도 서점 주인의 손자. 똑똑하고 마음이 착하며 책과 고양이와 할아버지를 좋아한다.

- **야나기타 로쿠로타**
긴가도 서점 점장. 출판업계의 풍운아로 불리던 사내. 책 도난 사건에 휘말려 서점을 그만둔 잇세이를 남몰래 돕는다.

- **미카미 나기사**
긴가도 서점 문예 담당. 젊은 카리스마 점원. 소노에와 소꿉친구. 서평 블로그 '호시노카케스'를 운영하고 있다.

- **우사미 소노에**
긴가도 서점 아동서 담당. 잇세이를 마음속으로 좋아하고 있다. 내향적이고 그림에 천재적 소질이 있다.

- **나츠노 고요**
나기사가 어릴 때 집을 나간 아버지. 대형 출판사에서 일하는 유명한 편집자.

· **요모기노 준야**

잘생기고 지적이고 재능이 넘치는 인기 작가. 사람들과 잘 어울리고 성격도 좋다. 잇세이의 이종사촌 형.

· **사와모토 마리노**

오노타 문방구 주인. 본업은 염색가이고, 대단한 미인이다.

· **사와모토 구루미**

만화가의 길을 접고 문방구 2층에 은둔하고 있는 미대생. 섬세한 마음을 지녔다. 마리노의 동생.

· **후지모리 쇼타로**

음악 카페 주인. 일류 출판사를 퇴직한 전 인문 분야의 명편집자. 전국 서점인들과 교류가 있다. 아내는 도쿄에서 아동서 편집자로 일하고 있고 딸은 유학 중.

· **후쿠모토 가오리**

사쿠라노마치 마을 이장. 출판업계에서 일하다 정년퇴직을 계기로 고향으로 내려왔다. 백발의 미녀.

· **앨리스**

오후도 서점을 지키는 똑똑한 삼색 고양이.

· **선장**

나이를 알 수 없는 하얀 앵무새. 거드름쟁이.

1

가을 괴담

"얘들아, 우리 모험 떠나지 않을래? 소설이나 영화 속 주인공처럼 말이야."

후타가 갑자기 목소리를 낮추고 도오루와 오토야에게 속삭였다. 큰 눈을 반짝이며 굉장한 일을 벌여보자는 표정으로.

갈색 눈동자와 하나로 질끈 동여맨 긴 머리칼이 11월 햇살에 눈부시다. 살짝 튀어나온 앞니도 반짝 빛난다.

핼러윈 호박이 큼지막하게 그려진 풍성한 셔츠는 예전에 큰 도시에서 디자이너로 일하다 지금은 펜션을 경영하고 있는 후타의 아빠가 디자인하고 만든 것으로, 후타에게 무척 잘 어울렸다. 도오루는 옷을 잘 입는 후타가 부러웠다. 후타는 애써 꾸미진 않지만 멋쟁이였다. 그도 그럴 것이 후타는 디자이너였던 아빠의 영향으로 디자인과 관련된 일을 하는 것이 꿈이고, 아름답고 세련되며 멋진 것들을 좋아했나.

시가지에 있는 학교에서 수업을 마치고 집으로 돌아가기 위해 사쿠라노마치 방면으로 가는 통학 버스를 기다리고 있을 때였다. 상점가 외곽 도로 근처에 자리한 학교에서 세 소년은 벤치에 앉아 이야기를 나누고 있었다. 주위에는 같은 버스를 타야 하는 아이들이 술래잡기를 하며 뛰어놀고 있었다.

늦가을, 해가 기울기 시작한 교정에 드리운 햇살은 아직 밝고 바람은 시원했지만 어딘가 쓸쓸한 기운이 묻어났다. 머지않아 통학 버스가 도착할 테고 한 시간쯤 달려 사쿠라노마치에 도착할 즈음에는 어둠이 내리고 바람은 차갑게 식어 있을 터였다.

도오루는 문득 끝없이 푸르던 하늘과 한낮처럼 느껴지던 여름이 끝났다는 것을 느꼈다. 시간은 조금씩 조금씩 흐르고 계절이 바뀌어간다. 2년 전 사쿠라노마치로 온 도오루도 내년에는 중학생이 된다.

"모험이라니?"

도오루는 읽던 책을 덮고 물었다. 후타의 제안은 항상 돌발적이고 엉뚱해서 딱히 놀랄 일도 아니다. 옆에서 작고 구부정한 몸을 움츠린 채 악보를 보고 있던 오토야가 덥수룩한 머리를 긁적이며 후타를 비스듬히 올려다본다.

"무슨 말인지 일단 해봐. 하지만 어른들에게 야단맞을 일 같은 건 안 할 거니까. 전에도 말했지만 나는 모험을 즐기는 주인공보다는 조용하고 평범하게 사는 일반 시민이 훨씬 좋고, 그들을 동경하거든."

오토야는 변성기가 와서 걸걸해진 목소리로 단호히 말했지만 솔직히 이 셋 중에서 '평범'과는 가장 거리가 먼 아이였다. 오토야의 부모님과 누나는 세계적으로 유명한 음악가이고 오토야 역시 바이올린의 천재라 불리며 온 가족이 대중매체에 노출되는 일이 잦았다.

도오루는 오토야와 만나기 전에 기사에서 그의 가족사진을 본 적이 있었다. 사진 속 오토야는 미소 짓는 가족들 사이에서 혼자만 뚱한 표정이었고, 진한 눈썹 아래 새까만 눈동자는 어딘지 모를 곳을 응시하고 있었다. 도오루는 기사를 읽고 오토야가 자신과 나이가 같다는 것을 알았고, 특히 눈매가 인상적이어서 기억하고 있었다. 그 후 사쿠라노마치 관광호텔 로비에서 추리소설을 읽고 있는 오토야를 알아보고는 자신이 좋아하는 책을 읽고 있는 오토야에게 용기 내어 말을 걸었고, 그 계기로 둘은 친구가 되었다.

체력이 약하고 호흡기 질환을 앓고 있던 오토야는 공기가 맑은 사쿠라노마치에 산촌 유학을 온 듯 혼자 내려와 있었다. 호텔 사장님과 부모님이 오랜 친분이 있어 지금 그 호텔에서 지내고 있다고 했다.

오랜 역사를 지닌 관광지여서일까. 사쿠라노마치에서는 사람들에게 시달릴 일이 없었지만, 버스로 통학하는 시가지 초등학교에서는 사정이 달랐다. 오토야는 유명인이다 보니 눈에 띄었고, 사람들이 손으로 가리키며 수군대는 일도, 추켜세우는 일도 많았다. 그럴 때마다 오토야는 성가신 듯 무시하고 한숨을 내쉬며 빨리 호텔로 돌아가고 싶다고 말했다. 원래 살던 도시에서도 같은 상황이었기에 사쿠라노미치로 와서 처음으로 남의 시선을 신경 쓰지 않게 되어 벗어났다고 했다. 이곳에 있으면 평범한 아이가 될 수 있다고도. 짐짓 어른스러운 표정과 눈빛으로 이곳이 은신처 같다고 했다.

"호텔 지배인 아저씨 말씀으로는, 사쿠라노마치는 번화한 도시에서 떨어진 산골짜기 마을이지만 아주 오래된 온천지라서 여행자가 쉬어 가던 곳이었다던데? 몰락한 무사 일족이 피난을 가다가 피로와 상처를 치유해주는 온천을 만나 정착하게 된 마을이라는 전설도 있다고 들었어. 나중에는 박해받던 기독교인들이 숨어 살던 곳이었다고. 그래서 마을 사람들은 이곳에 다다른 여행자들에게 친절한 데다 주민끼리 사이좋게 서로 도우며 사는 거라고. 그래서 나같이 대중에게 알려진 애한테도 친절히 대해주고 같은 식구로 받아주는 건가 싶기도 해. 재작년에 여기서 혼자 지내야 한다고 했을 때는 솔직히 내키지 않았는데 지금은 이곳에 오게 된 걸 얼마나 감사하는지 몰라."

좀처럼 웃지 않던 오토야가 마음도 편하고 건강에도 좋은 곳이라면서 활짝 웃으며 말했었다.

도오루도 그 마음을 알 것 같았다. 자신도 그렇게 이 마을에서 안정을 찾았기 때문이다. 도오루도 도시에서 자란 아이였다. 그곳에서 새아빠에게 학대를 당했고 자식을 지키지 못했다며 자책하던 엄마는 마음의 병을 얻고 말았다. 사쿠라노마치에서 오후도 서점을 하고 계신 할아버지가 도오루를 데리러 오셔서 그토록 좋아하는 할아버지와 함께 이곳에서 살게 되었다.

낯선 시골 마을에 와서 처음에는 외롭고 불안했으며 새아빠가 언제 또다시 찾아올지도 모른다는 두려움에 떨어야 했다. 할아버지와 마을 사람들은 도오루가 가진 마음의 상처를 어루만지고 따뜻하게 감싸며 치유해주었다. 끊임없이 솟아나는 이 마을의 온천수처럼.

내색한 적은 없지만 이미 고향으로 여기고 있었다. 아마 오토야도 그렇지 않을까, 그리고 후타 역시 그럴 것이라 생각했다.

후타도 도시에서 왔다. 도오루와 오토야보다 조금 일찍, 3학년 때 가족과 함께 이주해 먼저 마을 아이가 된 덕에 때때로 형처럼 챙기려 들긴 하지만, 도오루는 후타의 (때로는 지나치게) 오지랖 넓은 성격이 마냥 싫지만은 않았다.

"숲속 유령 저택에 가보고 싶어. 나 혼자 갈 수도 있지만 이왕이면 다 함께 모험을 하는 게 더 재미있을 것 같아서 말이야."

도오루는 깜짝 놀라 마른침을 꿀꺽 삼켰다. 유령 저택이라면 익히 알고 있었다. 학교가 있는 시가지와 사쿠라노마치 사이에 있는 작은 산, 버스가 지나는 산길 중턱에 있는, 오래된 서양식 저택이다. 오래전 사쿠라노마치가 휴양지 겸 관광지로 국내는 물론 해외에서도 인기가 한창일 때 도시에 사는 큰 부자가 별장으로 지은 건물이다. 당시 도시와 지역 유지들이 모여 밤새 파티를 즐기던 저택이라고 할아버지에게 들었다. 성대한 파티가 열리는 밤에는 사쿠라노마치 호텔 레스토랑의 셰프가 와서 요리를 했고 손님을 모시고 오는 고급 승용차가 수없이 산길을 넘어왔다고 한다.

그 저택은 그 무렵 문을 연 오후도 서점은 물론 몇몇 노포와 함께 한 시대를 풍미한 건물 중 하나로 손꼽히는 곳이었다. 이후 몇 차례 전쟁을 겪고 저택 주인이 차례로 바뀌는 사이 세월이 흘러 사쿠라노마치를 포함한 인근 마을까지 인구가 줄어들었다. 그 때문에 저택은 사람들로부터 잊혔고, 아무도 살지 않는 빈집으로 방치되어 있다고 한다.

한때는 장미 정원과 분수, 울타리로 만든 미로까지 있어서 마치 작은 성 같았지만 지금은 무성하게 자란 덤불과 담쟁이넝쿨로 뒤덮이고 먼지 낀 창은 깨진 채 흉물스럽게 변했다는 소문이 돌았다. 소문이라 함은, 무엇보다 저택이 찾아가기 애매한 위치에 있고 그 일대가 거의 잊힌 관광지여서 마을 사람들 외에는 입에 오르내릴 일이 거의 없었기 때문이다.

숲속 저택이 제아무리 화려한 이력을 지니고 있다 한들 마을 사람들 입장에서는 인구 감소로 버려져 폐허가 된 공장과 식당, 호텔이나 기념품 가게와 다를 바 없었다. 마을 사람들은 그 저택을 불길하다고 꺼리면서 '숲속 유령 저택'이라 불렀고 악령이 깃들어 있다고 수군거렸다.

치렁치렁한 검은색 상복을 입은 긴 백발의 유령이 저주의 주문 같은 것을 중얼거리며 돌아다닌다고 했다. 길을 잃고 헤매다 저택에 들어온 자에게 저주를 퍼붓는데, 입에 담지 못할 만큼 섬뜩한 저주라고

한다. 무서운 이야기를 싫어하는 도오루는 귀를 막고 할아버지에게,

"할아버지, 안 들을래요."

하고 말했다. 할아버지의 말끝에는 먼저 저택 이야기를 꺼내긴 했지만 괜한 소리를 했나 싶은 후회가 묻어 있었다. 손자가 무서워하자,

"그래그래, 그만하자. 이런 얘기 싫지?"

하고 말씀하시며 오히려 잘됐다는 미소를 지었다. 그 저택은 분명 몹시 꺼림칙한 곳이 틀림없다고 도오루는 그때 확신했다. 자세한 이야기를 듣지 않아 다행이었다. 하지만 그 후로도 여기저기에서 노파 유령에 관해 들을 기회가 있었다. 마을 사람들은 이야기를 좋아했는데, 무서운 이야기를 하다 보면 저택 이야기까지 나오기도 하는 모양이었다.

저택의 마지막 주인이었던 노파는 엄청난 부자였지만 어떤 연유에서인지 사람을 믿지 못하고 싫어해서 세상을 등진 채 숲속에 있는 아름다운 저택에서 혼자 살았다고 한다. 하지만 어느 날 금품을 노리고 들어온 강도에게 저항하다 무참히 살해되어 유령이 되었다는 소문과, 병을 앓다 홀로 쓸쓸히 죽음을 맞이했으나 자신이 죽었다는 사실을 인지하지 못하고 악령이 되어 저택을 떠나지 못한다는 소문이 돌았다.

아무튼 저택에는 사람을 싫어하는 유령이 머물면서 남아 있는 재산을 지키기 위해 저주를 내린다고 했다. 지금까지 몇몇 사람이 돈이 될 만한 것을 훔치려 저택에 숨어들어 갔다가 악령을 보고 죽거나 미

쳤다는 소문이 자자했다. 도오루는 저택 이야기만 나오면 늘 시 않고 자리에서 도망쳤기 때문에 자세한 이야기는 더 이상 알지 못했다. 시 쿠라노마치에서 저택이 있는 숲을 바라보는 것만으로도 그곳에 깃든 악령과 눈이 마주칠 것만 같아 시선을 피할 정도로 도오루는 저택을 무서워했다.

"후타, 근데 왜 갑자기 유령 저택에 가보고 싶다는 생각을 했어?"

그렇게 물으면서도 도오루는 고민했다. 역시 친구니까 그 '모험'에 함께 가야겠지, 하지만.

한편 오토야는 호기심 가득한 눈빛으로 악보를 내려놓고 후타를 쳐다보았다. 오토야는 도오루와 달리 무서운 이야기를 무척 좋아했 는데, 특히 공포소설이나 영화를 좋아했다. 도오루와 오토야는 좋아 하는 소설이 많이 겹치기도 했지만 전혀 다른 취향도 있었는데 바로 이것이었다.

아동서에 나오는 무서운 이야기를 겨우 읽는 도오루와 달리 오토 야는 어른들이 읽는 기괴한 표지의 공포소설도 거침없이 단숨에 읽었 다. 외국의 고전 번역본에서 최신 유행하는 국내 소설까지 뭐든 좋아 했다.

후타가 태연하게 대답했다.

"이유는 단순해, 10월에 핼러윈이 있어서야. 동네 여기저기서 핼러원 장식을 보다가 문득 이곳에 몇 년이나 살면서도 아직 유령 저택에 가본 적이 없다는 걸 깨달았거든."

그냥 깨닫지 말지, 도오루는 속으로 생각했다. 그러나 오토야는 신나서 맞장구치며,

"하긴 그러네. 10월 하면 역시 핼러윈이지. 나도 유령 저택에 가보고 싶었어. 노파 유령이 진짜로 있다면 한번 만나보고 싶었거든. 글쓰기에 좋은 소재이기도 하고. 그래서 어떻게 할 건데? 역시 밤에 가야겠지?"

"당연하지. 유령 저택을 밝은 대낮에 가는 건 아무 의미가 없지."

"맞아. 캄캄한 밤에 손전등 하나 들고 숨죽여 살금살금 가야겠지? 단, 어른들에게는 비밀로 하고 우리끼리만. 그게 원칙 아니겠어?"

"그렇지, 그게 모험의 원칙이지."

"맞아, 공포물의 원칙이기도 하니까."

오토야는 호텔 방에서 태블릿 PC로 공포소설을 쓰고 있다. 어른들이 보면 비웃을 테니 비밀로 하고 있다. 도오루와 후타에게만 보여주는 비밀 소설이 여러 편 있다. 바이올린을 켜는 공포소설가가 되는 것이 꿈이다. 오토야의 책은 후타가 표지 디자인을 맡기로 약속했고 도오루는 잇세이 점장에게 부탁해 오후도 서점에 가득 쌓아놓고 기념 사인회를 하기로 이미 정해놓은 상태다. 내년 1월, 음력 크리스마스에는 오후도 서점에서 유명 작가들의 합동 사인회가 있을 예정인데, 도

오루는 언제가 오토야의 사인회도 할 수 있냐던 밋길 것 같다고 상상했다.

오토야가 쓴 소설은 도오루에게는 너무 무서워서 때때로 건너뛰며 읽어야만 했지만 꽤 근사하고 재미있다. 구성력도 좋고 문장 역시 같은 또래가 썼다고는 믿기지 않을 정도로 어려운 단어나 표현을 적절하게 녹여내고 있어 세련되고 근사했다. 마치 어른이 쓴 소설 같았다. 도오루는 오토야가 반드시 소설가로 성공할 것이라고 믿고 있다.

오토야는 건강을 회복하더라도 계속 이곳 사쿠라노마치에서 살고 싶었다. 마을을 기점으로 여기저기 콘서트 투어를 다니고 싶다고 말했다. 도오루도 그렇게 된다면 정말 좋겠다고 생각했다. 좋아하는 마을에 인기 작가가 살고 있고 그 작가가 자신의 친구인 데다, 또 다른 친구가 디자인한 멋진 책으로 오후도 서점에서 사인회를 열게 된다면 이 얼마나 좋은 일인가. 그때는 모두 어른이 되어 있겠지. 여전히 사이좋게 모험을 즐기고 있을까? (친구 관계가 오래도록 이어지면 좋겠다.) 이건 도오루가 무서운 이야기를 싫어하는 것과는 별개의 문제니까.

후타와 오토야가 시선을 주고받았다. 후타가 도오루의 어깨를 살짝 두드리며 밝고 선한 눈빛으로 말했다.

"도오루는 억지로 가지 않아도 돼."

오토야도 고개를 끄덕였다.

"도오루는 겁이 좀 많다고나 할까, 섬세하잖아. 너 엄청 착한 거 다 아니까 싫으면 싫다고 해도 돼."

"으음."

도오루는 선뜻 대답하지 못하고 머뭇거렸다. 마침 통학 버스가 천천히 다가오는 것이 보였다.

산길을 덜컹거리며 달리는 작은 버스의 운전석 앞 유리에는, 핼러윈 호박 인형이 안전을 기원하는 부적 주머니와 함께 달랑이고 있다. 버스는 여느 때와 다름없이 사쿠라노마치 마을을 향해 구불구불한 산길을 오르기 시작했다. 후타와 오토야는 운전기사 아저씨가 듣지 못하도록 뒷자리로 후다닥 옮겨 가 나란히 앉더니 모험 계획을 짜는 모양이다. 도오루는 친구들을 보다가 한숨을 내쉬고는 창밖 산길로 시선을 돌렸다. 가을 산은 단풍이 들기 시작했다. 나무들도, 나무를 휘감은 넝쿨도, 드넓게 펼쳐진 가을 하늘도 모두 아름다웠다. 결국 자신도 그 모험에 함께하게 되리라는 것을 도오루는 이미 알고 있었다. 말도 안 되는 상상이긴 했지만 만에 하나라도 유령 저택에 사는 무서운 악령이 두 친구에게 저주를 내리는 건 싫었기 때문이다.

'하긴 내가 같이 간다고 별수 있는 건 아니지만.'

다시 한번 긴 한숨을 내쉰다. 매번 이런 갈등을 하면서도 결국 무모한 모험에 동참했다가 벼랑에서 굴러떨어지거나 말벌에게 쫓기거나 진창에 빠지거나 하는 어두운 기억을 떠올리면서.

'하필 유령 저택이라니.'

차창 너머 가을 햇살은 따뜻했고 흔들리는 버스는 마치 요람 같아서 설핏 잠에 빠졌던 도오루는 버스가 크게 덜컹이는 바람에 눈을 떴다. 그러곤 창밖 풍경을 보고야 말았다. 우거진 나뭇잎 사이로 하필 바로 그 유령 저택을 스쳐 지나는 순간이었다.

마치 핏방울이 흩뿌려진 것처럼, 붉게 물든 담쟁이넝쿨로 둘러싸인 낡고 오래된 저택, 그때 햇살이 쏟아지며 유리창이 반짝하고 빛났다. 마치 버스를 타고 산길을 지나는 아이들의 존재를 알아챈 저택과 수상쩍은 존재가 희번덕이는 눈으로 쏘아보는 것처럼 느껴졌다.

저택 주변 산길은 구불구불해서 버스도 잠시 속도를 줄이는데, 도오루는 그 지점을 지날 때면 일부러 창밖을 쳐다보지 않았지만 오늘은 어쩔 수 없이 보게 되었고 그대로 얼어버린 것이다.

어두운 유리창 너머로 서가와 그곳에 가득 꽂힌 책을 본 것 같았다. 한순간이었지만 틀림없다고 생각했다. 특히 책에 관한 것이라면 도오루가 잘못 봤을 리가 없다. 세상에서 책을 가장 좋아하는 데다 최고의 서점인인 오후도 서점 주인의 손자이기 때문이다.

어쩌면 잘못 본 걸지도 모른다고 스스로 생각할 만큼 찰나였지만 도오루는 현관문 앞에 서 있는 한 사람을 보았다. 검은 옷을 입은 할머니가 긴 백발을 바람에 나부끼며 붉게 물든 나무들을 거느리는 양 서 있었다.

살아 있는 사람이라고 하기에는 너무 흐릿해서 섬뜩했지만, 찰나였기 때문에 잘못 봤을지도 모른다고 생각했다. 게다가 자다 깬 상태이기도 했고.

하지만 잘못 본 것이 아닐지도 몰랐다. 고개를 떨군 채 서 있는 노파의 표정이 너무나도 슬퍼 보였기 때문이다. 외로워 보였다. 홀로, 숲속에서, 황폐해진 저택 앞에 서서.

버스는 서서히 저택에서 멀어졌다. 언뜻 보았던 서가와 책이 있던 정경을, 외로운 듯 그곳에 있던 할머니를, 도오루는 잊지 않으려 계속해서 떠올렸다. 무척 큰 서가였고 도서관처럼 책이 빼곡히 꽂혀 있었다.

'저택에 깃든 악령, 아니, 유령이 혹시 책을 좋아하는 걸까.'

어쩌면 그 할머니가 소문으로 듣던 그 유령이라면 적어도 악령은 아닐 것 같았다.

'그래, 결코 나쁜 존재는 아니야, 어쩌면 유령이 아닐지도 몰라.'

갑자기 그런 생각이 든 건, 오후도 서점 주인인 할아버지가 입버릇처럼 '책을 좋아하는 사람 중에 악인은 없다'고 말씀하시곤 했기 때문이다.

"사람은 책 한 권을 읽을 때마다 그 책만큼 너그러워진다고 믿는다"라고 말씀하셨다.

도오루는 할아버지를 진심으로 존경한다. 인자하고 강인한, 세상에 모르는 것이 없는 최고로 멋진 할아버지다. 그런 할아버지가 어느 날 흐뭇한 얼굴로 서가의 책을 정리하며 말씀하셨다.

"노오루, 책을 읽는다는 건 다른 사람의 인생을 성람하는 거야. 자신이 아닌 누군가의 인생을 헤아리고 그 마음으로 살아보는 것이지. 그건 정말 멋진 일이란다. 마법 같지 않니? 사람은 책 한 권을 읽을 때마다 분명 그 책만큼 너그러워진다고 믿어. 사람에게 책이 없다면 자기 인생만 살면서 이기적인 눈으로 세상을 판단하게 되지. 하지만 한 권의 책이 있다면 다른 세상을 보는 시선과 다른 인생을 헤아리는 영혼을 얻을 수 있단다. 만약 우리 모두가 책을 많이 읽고, 다른 인생을 경험해보고, 다른 시선으로 세상을 볼 수 있다면 사람은 타인에게 훨씬 더 너그러워질 수 있을 거야. 세상은 밝은 눈빛으로 빛나게 되겠지. 할아버지는 말이지, 옛날부터 책을 파는 일이 좋았는데, 그 이유 중 하나가 바로 이거란다."

기억하려 애썼지만 책과 서가, 외로워 보였던 할머니의 모습은 홍차에 넣은 설탕처럼 스르륵 녹아 희미해져갔다. 그러나 덜컹이는 버스에서 도오루는 더 이상 저택을 무서워하지 않는 자신을 발견했다.

'이건 분명 착각이 아니야.'

숲속에 사는 존재는 책을 좋아하는 외로운 유령일지도 모른다. 아무것도 모르는 사람들이 악령이네, 저주를 내리네, 하며 떠드는 바람에 두려움의 대상이 되어버린 외로운 존재. 어쩌면 아주 가엾고 착한 유령일지도 모른다.

그날 저녁, 오후도 서점 창밖 하늘이 보랏빛으로 물들어갈 무렵 오토 야가 도오루를 찾아왔다. 밖에서 손짓하는 오토야를 보고 가게 일을 돕던 도오루는 잇세이에게 말하고 잠시 밖으로 나왔다. 서늘한 가을 바람에 더벅머리를 날리며 알파카 털로 만든 카디건을 입은 오토야는 쌀쌀한지 팔짱을 끼고 서 있다. 추위에 말라가는 덤불 속에서 귀뚜라 미 우는 소리가 들려온다.

도오루가 곁으로 다가가니 오토야가 속삭이듯 말했다.

"핼러윈 밤에 결행하기로 했어."

"유령 저택?"

"맞아. 어떻게 할 거야? 아까는 그렇게 말했지만 셋이 같이 가면 재 미있을 것 같은데."

"응, 생각해봤는데 역시 나도 같이 갈게."

"당연히 그렇게 나와야지."

오토야는 짓궂게 웃어 보였다.

"어? 근데 핼러윈이라면 31일이잖아? 너 괜찮아? 너희 식구들 오 는 날 아니야?"

도오루가 물었다. 오토야가 부모님과 누나가 사쿠라노마치에 온다 며 언젠가 들떠서 말했던 것 같다. 오토야는 어깨를 으쓱하더니,

"이제 나도 곧 중학생이라고. 게다가 가족은 언제든 만날 수 있으 니까."

왠지 괜찮은 척하는 것 같았다. 오토야는 해외여행을 자주 다니는

부모님과 누나와 자수 만나시 못한다며 푸념을 했었다 화목한 가정처럼 보였는데, 가족 이야기를 할 때의 오토야는 평소와 달리 감성적이었다. 눈시울이 붉어지거나 눈물을 참으려는 듯 웃어 보이기도 했다. 도오루도 가족과 떨어져 살고 있기 때문에 가족과 함께하는 시간이 그 무엇과도 바꿀 수 없을 만큼 소중하다는 것을 잘 알고 있었다.

"오토야, 후타에게 다른 날 가자고 말해보자."

오토야는 천천히 고개를 저었다.

"벌써 말해봤어. 근데 핼러윈 밤에 모험을 한다는 생각에 들떠 있는 것 같더라고. 그냥 뒀다간 혼자라도 갈 기세였어. 후타는 못 말리잖아. 혼자 가게 둘 수는 없지."

도오루도 고개를 절레절레하며 쓴웃음을 지었다.

"하긴 그렇지."

도오루와 오토야는 후타 혼자서 숲속에 있는 저택에, 심지어 버스도 안 다니는 한밤중에 혼자서 무사히 갔다 오는 건 절대 불가능하다고 생각했다. 하지만 본인 생각은 다를 것이다. 충동적이고 무모한 성격의 소유자인 하야시다 후타니까.

유령 저택에 사는 악령의 저주를 받기보다 후타가 길을 잃거나 사고로 다칠 가능성이 백배나 더 높아서 걱정이었다. 후타는 늪에 빠진 새끼 토끼를 구하려다 대신 빠져서 발목을 삔 적이 있다. 토끼는 생명의 은인인 후타의 머리를 밟고 튀어올라 무사히 숲으로 돌아갔다. 접질린 발을 감싸 안고 엄살을 피우면서도 숲으로 사라지는 토끼에게 잘 가라고 웃으며 소리치던 후타였다.

후타는 발밑을 보지 않는다. 항상 하늘을 향해 고개를 들고 노래를 흥얼거리며 힘차게 걷고 있는 것 같아서 자신들이 옆에서 챙겨줘야 한다고, 그것이 우정이라고, 도오루와 오토야는 생각하고 있다. 두 소년은 서로의 마음을 눈빛으로 확인하고는 바람 부는 가운데 악수를 했다.

오토야가 시선을 땅에 떨어뜨리고 덥수룩한 머리를 긁적이며 말했다.

"전에도 말했지만 이 마을에 처음 와서 외로웠을 때 말이야, 그 어이없게 밝고 단순한 모습에 위안을 받았어. 그래서 녀석이 모험을 하고 싶다면 함께 가주고 싶어. 친구니까."

후타는 외아들인데 도시와 잘 맞지 않는다는 아빠의 돌발 선언으로 이사를 오게 되었다. 알레르기성 체질이었지만 사쿠라노마치에 온 후 완치되었다고 한다.

도오루는 솔직히 후타가 눈치는 없지만 정말 좋은 녀석이라고 생각하고 있다. 한마디로 옛날 동화나 만화에 나올 법한 캐릭터다. 활기차고 순수하고 명랑한 성격에 친절하고 사람을 좋아하고 잘 챙긴다. 조금, 아니 아주 많이 눈치가 없는 게 단점이랄까. 즉흥적이면서 번뜩이는 아이디어로 거침없이 돌진하는 데다 오지랖이 넓고 희로애락의 격차가 심한 다혈질일 뿐.

후타의 아버지 하야시다 씨는 도시에서 광고 회사 디자이너로 나름 멋진 일을 했지만 인간관계에 어려움을 느끼고 직장을 그만두더니 돌연 시골에서 펜션을 운영하고 싶다며 가족을 데리고 사쿠라노마치로 왔다. 어려 보이는 외모와 성격 모두 후타와 비슷해서인지 나이 차가 나는 형제처럼 보였다.

느긋한 성격인 후타의 엄마는 남편이 힘들어하는 것을 알았고 그를 사랑했기 때문에 어떻게든 되겠지 싶어 남편을 따라 이주한 것이었다. 그런 내막을 이웃들에게 웃으면서 스스럼없이 말할 수 있는 성격이었다.

하지만 펜션 운영은 쉽지 않았다. 애초에 충동적으로 시작한 일인지라 아무런 준비도 안 된 상태였다. 하야시다 씨는 잔뜩 풀이 죽어 우울해했다. 하지만 아내는 싹싹하고 사교적인 데다 세심한 면도 있어 마을 사람들과 금방 친해졌다. 취미인 요리와 수예 솜씨도 전문가 못지않아 마을에서 칭찬이 자자했다. 지금은 목장 일을 도우며 온라인 쇼핑몰용 상품개발팀에서 일하고 있다. 때때로 수예와 요리 교실도 열고 있다.

하야시다 씨도 휴업 상태인 펜션에서 마을 사람들에게 디자인 일이나 인쇄 관련 일을 받아 하면서 나름 바쁘게 생활하고 있다. 원래 밝은 성격이라 분위기를 띄우는 재주가 있어, "하야시다 씨가 있으면 분위기가 밝아진다니까"라고들 했고 인기가 많았다.

하야시다 씨는 똑똑하고 감각도 좋고 선량해서 사쿠라노마치 사람들은 그를 존경하고 아끼며 좋아했다.

'펜션 하야시다'는 아름다운 목조건물로, 직접 짜 넣은 서가에 셀 수 없을 정도로 많은 책이 꽂혀 있는, 책을 좋아하는 사람들을 위한 펜션이었다. 건물 구석구석을 온통 책으로 가득 채운 펜션은 그 시절에는 어쩌면 너무 앞선 선택이었는지도 모른다. 하야시다 씨는 책을 좋아해서 도시에 살 때는 서점과 고서점을 둘러보는 것이 취미였기 때문에 펜션에는 아직도 방대한 양의 책을 쌓아두고 있었고, 결국 고서 판매 자격을 취득해 온라인 고서점을 열고 말았다.

책이라면 돈을 아끼지 않고 사주는 아빠의 영향으로 후타 또한 책을 좋아하는 아이가 되었다.

후타는 도시의 학교에서 어려움을 겪은 듯했다. 본인은 인기가 많았다고 했지만 친구가 적었거나 아예 없었던 건 아닐까 하고 도오루와 오토야는 짐작했다.

둘 다 도시에서 살아봤기 때문에 도시에서는 눈치는 없는데 착하기만 한 사람은 바보 취급 당할 수도 있다는 사실을 알고 있었다. 그런 경우를 많이 보아왔기 때문이다. 하지만 도오루와 오토야는 후타의 성격이 싫지 않았고, 익살스럽게 웃는 얼굴과 무사태평한 행동마저도 고마운 적이 많았다.

오토야는 도오루에게 '후타는 어디로 튈지 몰라 걱정'이라고 털어놓은 적이 있었다.

"몸이 약해서 가족과 떨어져 혼자 시골에 오게 됐을 때는 솔직히 속상했어. 누구보다 나 자신에게 말이야. 근데 후타가 친한 척을 하더라고. 그때는 아직 도오루가 여기 없을 때라 마을에 같은 학년은 우리 둘뿐이었거든. 찰싹 달라붙어서 짜증이 났지만 피하는 것도 귀찮아서 그냥 내버려뒀는데 아마 심술 맞아 보였을 거야. 그런데도 제 딴에는 열심히 챙겨준답시고, 도시에 비하면 아무것도 없고 따분한 시골이지 하면서 여기저기 데리고 다녔어. 그래서 요정이 살고 있을 것만 같은 오솔길에도 갔고 숲속에 있는 비밀스러운 꽃밭에도 갔어. 덕분에 목장에서 막 짠 맛있는 우유까지 마셔봤다니까. 아무튼 여기저기 끌고 다니는데 뭔가 슬슬 재미가 생기더라고. 내가 신나하니까 녀석도 진심으로 기뻐하면서 웃었어. 자기에게 좋을 것도 없는데 말이지. 아름다운 밤하늘을 보여주기도 했는데 별천지라는 말이 이런 걸두고 하는 말이라는 걸 처음 알았어. 나도 모르게 노래가 나오더라고. '순환하는 별의 노래'. 마침 여름 밤하늘에 안타레스가 붉게 빛나서 아름다웠거든."

"미야자와 겐지가 만든?"

"응."

'순환하는 별의 노래'는 미야자와 겐지가 작사 작곡한 동요였다. 소박하고 부드러운 멜로디로 도오루도 좋아하는 노래였다.

붉은 눈을 가진 전갈

활짝 펼친 독수리 날개

푸른 눈을 가진 강아지

빛나는 뱀이 똬리를 틀고

오리온은 소리 높여 노래하며

이슬과 서리를 뿌린다네

"후타가 같이 불러주는데 진짜 감동했지 뭐야. 이 노래를 부를 줄 아는 친구는 지금껏 못 봤거든. 거의 모르잖아, 이런 노래. 아니, 아는 사람도 있을지 모르지만 만난 적은 없었어. 그래서 솔직하게 물어봤어. 왜 그렇게 나한테 잘해주냐고. 그랬더니 후타도 마을에 처음 왔을 때 너무 심심했대. 혼자라서 진짜 외로웠다고. 그러면서 도시에서는 재미있는 일이 없었다고 말했다가 갑자기 잘못 말했다며 친구가 많아서 재미있었다고, 정말이라면서 웃으며 얼버무리더라고. 그래서 거짓말로 둘러대고 있다는 걸 알았어. 도시에서는 좋은 일이 없었던 거지. 하지만 그런 건 아무 문제도 안 됐어. 나한테는 말이야. 내 눈앞에 있는 이 녀석은 정말 좋은 친구라는 생각이 들더라고. 친구가 되고 싶다는 생각이 들었어."

이야기를 듣고 도오루는 고개를 끄덕였다.

'그래, 맞아. 후타는 친구가 되고 싶은 아이야.'

노오구가 이미 울에 우고 얼마 지나지 않아 후타와 둘이 함께 온천에 갔을 때 후타가 도오루의 몸에 여기저기 멍이 들고 상처가 난 이유를 물었다. 봄이었지만 눈발이 흩날렸고 해가 뉘엿뉘엿 지고 있었다. 많이 흐릿해지긴 했어도 도오루의 몸에는 새아빠로부터 받은 학대의 상처가 남아 있다. 아프기도 하고 뜨겁기도 했던 상처였다.

"그 상처는 뭐야?" 하고 불쑥 물어보는 바람에 도오루는 순간적으로 당황했으나 이내 아무렇지도 않은 듯 학대받은 사실을 들려주었다. 짐짓 밝은 목소리로. 새삼스레 감추지도 않고, 작은 소리로 비밀스럽게 말하지 않은 건 현실에 지고 싶지 않았기 때문이다. 아무렇지 않은 듯 말해야 강해 보이니까. 웃어 보이기까지 한 것 같다. 온천물에 담그고 있으니 시원하다고 너스레를 떨어가며. 하지만 후타는 울고 있었다. 떨리는 목소리로, 어떻게 웃으면서 그런 얘기를 할 수 있냐고 하며 엉엉 울었다. 그러다 벌떡 일어서더니, "그놈 내가 당장 혼내줄게, 어디 살아?" 하고 물었다. 날도 추운데 맨몸으로 장승처럼 눈앞에 우뚝 서 있었다. 도오루는 어떻게 대꾸해야 할지 몰라 겸연쩍게 웃으며 고맙다고 말했지만 솔직히 당황스러웠다.

"이젠 괜찮아, 정말이야. 난 여기서, 이곳 사쿠라노마치에서 행복하니까."

하고 무작정 생각나는 대로 말했더니 후타는,

"진짜?"

하고 되물었다.

눈물과 콧물로 범벅이 된 얼굴로, 심지어 재채기까지 하는 바람에 노을이 지고 있는 하늘로 콧물이 튀었고, 도오루는 닦으라고 수건을 건네며 이 어이없는 광경에 헛웃음이 나왔다. 마치 어린아이 같았다.

동갑이지만 도오루는 마치 형처럼 의젓하게,

"진짜야."

하고 대답했다.

"진짜 이젠 아무렇지도 않아."

웃으면서 말하고 나니 신기하게도 진짜 아무렇지 않았다. 그 비참했던 날들이 멀리 사라지고 더 이상 캄캄한 방에 갇혀 있지 않았다. 지켜주겠다고 하는 사람이 있고, 지켜주고 싶은 사람과 마을이 있다. 친구의 슬픈 과거를 마치 자기 일처럼 여기고 울어주는, 친구가 있다. 그러니 이제 괜찮다, 도오루는 미소 지었다. 나는 지금 행복하다, 그러니 이제 괜찮다.

그날 황혼 무렵 온천에서 보낸 시간은 잊지 못할 것이다. 아마 어른이 되어서도. 오토야도 마찬가지일 거라고 생각했다.

친구가 없어서 외로웠을 후타에게도 자신들은 소중한 친구이며, 어쩌면 처음 사귀는 친구일지도 모른다. 도오루는 생각한다. 분명 녀석은 자신이나 오토야가 그의 친구가 되지 않고 거리를 두었더라도 웃는 얼굴로 자신들을 지키고 웃게 만들어주었을 것이라고.

눈치는 없어도 자신을 싫어하거나 바보 취급하는 건 알고 있을 것이다. 후타는 아빠를 닮아서 민픅이는 감각을 지녔고 직감력도 뛰어난 아이니까. 그럼에도 도오루나 오토야가 외로워 보이면 친절하게 손을 내밀어줄 것이다, 후타는 그런 아이다. 도오루 역시 후타에게 손을 내밀어주고 싶었다. 늪에 빠지지 않도록, 한밤중에 숲에서 길을 잃지 않도록, 곁에 있어주고 싶었다. 그래서 도오루는, 그래서 오토야는, 핼러윈 날 밤 숲에 가지 않으면 안 되었던 것이다.

오토야가 손끝으로 뺨을 긁으며 말했다. "한 가지 마음에 걸리는 건, 어른들이 진짜로 그 저택을 두려워한다는 거야. 물론 난 별 상관 없지만. 오히려 찾아서라도 심령현상을 경험하고 싶을 정도니까."

이윽고 어둠이 내리기 시작하면서 하늘은 푸른빛과 노을빛, 황금빛이 섞이며 신비한 색채로 변해 있었다. 노을 지는 하늘. 도오루는 마법의 힘이라고 생각했다. 마법에 걸린 하늘.

"아까 호텔에서 나올 때 로비에서 말이야, 친한 로비 담당 형과 청소 담당 누나에게 유령 저택에 대해 슬쩍 물어봤는데 억지웃음을 지으며 서로 눈빛을 주고받더라고. 마침 지배인 아저씨가 지나가시기에 아저씨한테도 물어봤는데 시선을 아래로 떨어뜨리더니 '왜 그런 걸 묻느냐'고 '유령 저택에 대해서는 할 얘기가 없다'며 웬일로 단호하게 말씀하시더라고."

오토야는 곤혹스레 미간을 좁히더니 낮은 목소리로 속삭였다.

"있잖아, 도오루. 그 유령 저택에 도대체 뭐가 있는 걸까? 설마 저주를 거는 악령이 진짜 있는 걸까? 그게 가능한 일이야? 아니 사실 난 뭐가 있든 상관은 없지만…….”

노을 지는 하늘을 가르며 불어온 바람은 어딘가 불길한 소리를 내며 스쳐갔고, 도오루는 등골이 서늘해지는 것을 느꼈다. 나뭇잎과 수풀이 술렁이는 소리에 무심코 바라본 숲에는 악령이 깃든 듯한 시커먼 어둠이 내려앉아 있었다.

“저기, 그럼 다녀올게요.”

도오루는 계산대에 있는 잇세이에게 말했다. 핼러윈, 저녁 5시 반을 넘기고 있었다. 친구들과 만나기로 한 시간에 맞추려면 지금 나서야 했다.

오후도 서점의 고풍스러운 실내에는 마녀 모습을 한 모빌이 천장에 매달려 흔들리고 있다. 창틀과 서가 구석구석에 유령과 검은 고양이, 묘지와 같이 한눈에도 핼러윈다운 장식으로 가득했다. 만화 코너 담당인 사와모토 구루미가 꾸며놓은 것이다. 하나같이 잘 만들었고 귀여웠지만 핼러윈을 반기지 않는 도오루에게는 조금 지나쳐 보였다.

유령 저택이 있는 숲까지는 천천히 달리는 버스로 대략 30분쯤 걸린다. 세 소년은 자전거로 가기로 했기 때문에 한 시간은 걸릴 것이라 예상했다.

벌써 몇 번이나 서점 시계를 올려다보다가 마침내 나설 결심을 하고 점퍼를 입는데 막상 이렇게 밝은 서점을 나가 아이들끼리만 모험을 한다고 생각하니 더럭 겁이 났다. 아무튼 오늘 핼러윈 밤에 아이들끼리만 유령 저택에 가는 것이기에 어른들에게는 당연히 비밀이었다. 모험은 비밀리에 하는 게 원칙이라며, 그렇지 않으면 재미없다고 두 친구가 주장하니까.

'지금이라도 가지 말자고 하면 좋으련만.'

어깨를 늘어뜨린 채 후우 하고 한숨을 쉬었다. 이내 작은 소리로 기합을 넣고 고개를 들었다. 점퍼 주머니 속에서 주먹을 꼭 쥐었다.

'우정을 위해서라면 가는 게 맞아.'

후타와 오토야가 오늘 밤에 탐험을 하겠다니 당연히 가야만 한다. 같은 6학년 3반 친구이고, 물어본 적은 없지만 분명 가장 친한 친구니까.

'게다가 유령 저택에 사는 유령도 궁금해.'

얼마 전 버스 안에서 보게 된 유령 저택 앞에 서 있던 할머니, 아마 사람들이 말하는 그 유령 같았는데 어쩐지 도오루에게는 너무나도 슬퍼 보였다.

'확인해봐야겠어.'

진짜 악령인지 아닌지.

'나쁜 사람, 아니 나쁜 유령은 아닐 것 같아. 왜냐하면…….'

찰나였지만 차창 밖으로 보였던 저택의 커다란 창 너머로는 큼직한 서가가 있었고 서가에는 책이 가득했다. 아마도 그 유령은 책을 좋아하나 보다. 책을 좋아하는 사람 중에 나쁜 사람은 없다고 믿는다.

'만약 실제로 만나 악령이 아니라는 걸 알게 된다면 마을 사람들에게 나쁜 유령이 아니라고 알려주고 싶어.'

나쁜 사람도 아닌데 나쁜 사람, 아니 나쁜 유령으로 오해받고 있다면 너무 억울하지 않은가. 만약 숲에 악령이 없다는 게 확인된다면 안심할 수 있으니 고마운 일이라고 생각하면서 도오루는 마지못해 웃음 지으며 앞머리를 긁적였다. 사실 할머니와 서가를 본 것 같은 날로부터 며칠이 지나고 보니 차츰 자신이 본 것이 현실이었을까 하는 의구심이 들기 시작했다.

'어쩌면 잠이 덜 깬 상태에서 잘못 봤을 수도 있어. 할머니와 서가도 환영일지 몰라.'

그렇게 생각하는 쪽이 이성적이고 현실적이라는 것을 잘 알고 있다. 공상하는 것을 좋아해서 스스로를 몽상가라고 생각한다. 현실적인 것만 있는 게 아니라 판타지 세계라든지 마법과 기적 같은 게 있으면 좋겠다는 공상을 즐긴다는 것도 잘 알고 있다.

'애초에 유령이나 유령 저택이 진짜 존재할까? 책에 나오는 이야기라면 모를까.'

가볍게 한숨을 내쉰 순간, 서점 안에 장식된 호박 인형이 기묘하게 웃고 있는 것처럼 보인 것은 역시 기분 탓이었을까.

10월 말이면 해가 금방 진다. 완전히 캄캄해진 밤이 서점 문에 달린 격자창과 유리창 밖으로 성큼 다가와 있었다. 계산대에서 컴퓨터로 뭔가 검색하고 있는 듯한 젊은 점장 츠키하라 잇세이가 도오루를 쳐다보더니 미소 지었다.

"아, 맞다, 오늘 밤에 친구들과 별 구경하러 간다고 했지?"

안경 너머 눈빛이 온화하다. 그 눈빛이 낯설지 않았다. 도오루는 어릴 때 서점 직원이었던 아빠를 사고로 여의었다. 너무나도 일찍 헤어진 탓에 기억이 희미하지만 사진으로 남아 있는 미소 띤 아빠의 눈빛과 잇세이의 그것이 가끔 겹쳐 보이곤 했다. 둘 다 안경을 쓰고 직업도 같아서 그럴 테지만. 마른 체형에 차분하고 낯을 가리는 잇세이와 웃으면서 찍은 사진이 많은 통통한 아빠는 생김새도 분위기도 전혀 다른데 말이다.

"아, 네."

도오루는 대충 얼버무렸다. 어른들에게는 별을 구경하러 간다고 입을 맞춰두었다.

오토야가 오랜 기간 머무는 호텔 뒤에는 언덕과 작은 숲이 있다. 산책로를 따라 올라가면 작은 공원이 있는데 거기에는 나무로 만든 벤치와 테이블도 있었다. 공원은 별을 올려다보기에도 좋고 마을 야경을 내려다보기에도 안성맞춤이었다. 그곳에서 셋이 따뜻한 차라도 나누며 가을 하늘의 별자리를 본 다음 자전거로 마을을 한 바퀴 돌 예정이라고 말해두었다.

이곳은 산골짜기 마을, 공기가 깨끗하고 고도가 높아서 아름다운 별을 볼 수 있는 곳으로 유명한 까닭에 아이들이 별을 보러 간다고 하면 아무도 의심하지 않았다.

"우리 셋 다 도시에서 살다 와서 별 구경을 신기해한다는 걸 아실 거야. 게다가 우리 또래가 별에 관심이 많을 나이니까 그렇게 말씀드리면 보내주실 거야."

도오루도 '작전 회의' 때 오토야가 한 말이 꽤 그럴싸하다고 생각했다. 오토야 말로는 겨울이 오기 직전인 지금이야말로 별을 제대로 볼 수 있으니 설득력이 있을 거라고 했다. 산 위는 아랫마을보다 기온이 낮다. 얼마 안 있어 별 구경은커녕 밤에는 살을 에는 듯이 추운 계절이 시작된다.

오토야가 호텔 방에서 홍차를 내리면서 도오루와 후타에게 설명한 대로 어른들은 그들의 거짓말을 쉽게 믿었다. 단지 셋이 함께 뭉쳐 다니며 짓궂게 놀다 보니 긁히고 베이고 하는 일이 잦았기 때문에 조심해서 놀라는 잔소리를 한마디씩 들었을 뿐이다.

설마 버스도 끊긴 시각에 차로도 30분이나 걸리는 숲에 있는, 그것도 악령이 살고 있다는 소문의 유령 저택에 아이들 셋이 갈 거라곤 아무도 예상하지 못했으리라.

세 소년이 약간 죄책감이 든 것은 오토야에게는 호텔 사람들이, 후타에게는 요리를 잘하는 엄마가, 그리고 도오루에게는 잇세이가 따뜻한 차와 간식거리를 준비해주겠다고 웃으며 말했기 때문이다. 도오루가 오늘 밤 메고 있는 배낭에는 별자리 지도와 손전등과 함께 잇세

이가 보온병에 담아준 코코아와 샌드위치가 들어 있는 작은 도시락이
있었다.

"네가 좋아하는 콘비프 치즈 샌드위치야."

잇세이가 챙겨준 도시락에서는 맛있는 냄새가 났다. 이것을 숲으
로 가는 길이나 돌아오는 길, 아무튼 유령 저택이 있는 숲에서 먹어야
할지도 모른다고 생각하니 솔직히 양심에 찔렸다.

"조심히 잘 다녀와. 하긴 너희 셋은 나보다 이 마을에 오래 살았고 똑
똑하니까 큰 걱정은 안 하지만."

잇세이가 창밖 하늘을 보더니 미간을 살짝 찡그렸다.

"아 참, 아까 라디오에서 오늘 밤늦게 비가 올 거래. 구름이 많아진
것 같은데 별이 잘 보였으면 좋겠다."

"네? 아, 네."

도오루는 애써 웃어 보였다. 마음속으로 죄송하다고 말하며. 하지
만 '정의는 결코 물러서지 않는다'.

전에 살던 집에 있던 수많은 책 중에 《망치와 꽃 장군》이라는 옛날
동화책이 있었다. 그 책에서 요지겐이라는 고양이가 옳은 일을 위해
서라면 용기를 내서 나아가겠다고 결심하면서 두려움을 떨쳐내려고
그렇게 말했다. 50여 년 전에 쓰인 책이라는 것을 엄마도 아빠한테 들
었다고 했다. 소년과 동물들이 어딘가를 향해 달려가는 표지의 책.

"학창 시절 헌책방을 뒤져서 구한 거래. 소중히 간직했단다."

도오루의 집에는 옛날 동화책이 많이 있었다. 엄마한테 들은 얘기지만, 아빠는 학생 때부터 동화책 세상을 무척 좋아해서 당시 일하던 대형 서점에서 그림책과 아동서를 담당했다고 한다. 도오루가 어릴 때 돌아가셔서 거의 기억에 없지만 따뜻한 무릎에 앉히고는 책을 읽어주시던 목소리를 기억하고 있다. 아빠가 도오루에게 버릇처럼 하던 말이 있었다고 한다.

"세상에는 재미있는 책이 가득하단다. 아빠가 많이 알려줄게. 함께 읽자꾸나. 그리고 언젠가 도오루가 아빠보다 훨씬 더 많이 읽게 되면 재미있는 책을 찾아서 아빠에게 알려줘야 해, 알았지?"

엄마한테 자주 전해 듣기도 했거니와 도오루도 그 말을 듣는 게 좋았기 때문에 이제는 마치 직접 들은 것처럼 여겨질 정도로 좋아하는 그 말. 부드럽고 인자한 목소리. 안경을 쓰고 따스한 햇살처럼 웃던 얼굴.

잇세이는 아빠와 닮은 눈빛으로 도오루를 향해 미소 짓더니 다시 서가를 정리하기 시작했다.

"친구들이랑 별을 보러 가다니 왠지 부럽다. 나는 어릴 때 그런 친구가 없었거든. 친구들끼리 어른들 몰래 모험 같은 것도 해보고 싶었는데."

잇세이는 어릴 때 가족을 잃고 할아버지 집에서 자랐기 때문에 외로운 유년 시절을 보냈다고 한다. 남에게 마음을 쉽게 열 수 없었다는 말도 들어서 알고 있다. 시름 잇세이는 밝게 웃으며 사쿠라노마치에 잘 적응한 것처럼 보이지만, 예전에는 지금처럼 사람들과 어울리지 못했다고 한다.

도오루에게 잇세이는 강인하고 현명하며 의지할 수 있는 영웅 같은 사람이지만 마음속 어딘가에 상처받기 쉬운 무언가를 끌어안고 사는 듯 느껴졌다. 그 부분은 어릴 적 경험에서 온 것이 아닐까 싶어 마음이 아팠다. 도오루도 외롭게 자랐기 때문에 더욱 그렇게 느꼈다. 지금의 잇세이는 항상 웃는 얼굴로 즐거워 보이지만.

"그래서 스티븐 킹의《스탠 바이 미》도 좋아했……."

잇세이는 말을 하다 멈췄다. 도오루의 얼굴이 창백해지는 것을 보았기 때문이리라. 도오루가 무서운 이야기를 겁내는 것을 기억해내고는 쓸데없는 소리를 했구나, 하고 잇세이가 말을 멈춘 것 같았다.

《스탠 바이 미》는 모던 호러의 대가 스티븐 킹의 걸작으로 초자연 현상이나 살인마가 나오는 종류의 작품이 아니라 아이들이 (그것도 도오루와 비슷한 또래가) 어느 여름날 모험을 떠나는 이야기다. 아이들은 살고 있는 작은 마을을 떠나 시체를 찾으러 모험을 떠난다.

예전에 오토야가,

"스티븐 킹 작품이긴 해도 이건 무섭지 않아."

하고 추천해주어 읽었기 때문에 알고 있었다. 오토야 말대로 무섭지 않고 좋은 내용이었지만 마음 깊은 곳에서 쓸쓸함을 느꼈다. 아, 역시 시체를 묘사한 부분은 좀 무서웠다.

잇세이의 말에 핏기가 가실 정도로 오싹했던 건 지금부터 친구들과 유령 저택에 가야 한다는 사실 때문이었다. 더군다나 어른들 몰래. 어딘가 소설과 비슷한 상황이라는 생각이 든 것도 잠시, 따져보면 절대 비슷한 상황이 아니라고 마음을 다잡았다.

"미안, 밤에 무서운 소설 얘기를 꺼내다니."

잇세이가 부드럽게 미소 지었다.

"아, 아니에요. 제가 겁이 좀 많은 것뿐이니까. 저도 스티븐 킹의 《스탠 바이 미》를 좋아해요. 제가 무서운 건 예를 들어…….."

도오루는 설명하려 했지만 적당한 단어를 찾을 수 없었다. 때마침 서점 문이 열리는 소리가 나며 키가 큰 미인이 들어섰다. 사와모토 마리노는 상점가에 있는 문구점 주인이다. 사와모토 구루미의 언니로 본업은 염색가다. 사쿠라노마치에는 이렇게 도시에서 이주해 온 젊은 창작가들이 여럿 있었다. 마리노는 마치 든든한 누나 같았는데 책을 엄청 좋아해 오후도 서점의 단골손님이었고, 사실 도오루가 동경하는 인물이기도 했다. 명랑하고 밝고 항상 활기가 넘치며 진취적인 성격이 멋지다고 생각했다.

마리노의 갑작스러운 방문에 놀라서였는지 모르겠다. 안녕, 하고 인사를 건네며 밝게 웃는 얼굴과 눈이 마주친 순간 도오루는 저도 모르게 생각지도 못한 말이 툭 튀어나와버렸다.

"예를 들어 유령 저택 같은 게 무서워요."

"유령 저택?"

잇세이가 되물었다.

웬일인지 마리노도 귀를 의심하는 것 같은 표정을 지었고 그 얼굴에는 미소가 사라져 있었다.

"네. 숲에 있는 유령 저택 같은 거요."

내가 지금 무슨 소리를 하는 거지? 하고 도오루도 자신이 내뱉은 말에 당황해하는데 잇세이가 도오루를 물끄러미 쳐다보더니 서가에 올리고 있던 손을 내리며 자세를 바꿨다. 지금까지 본 적 없는 굳은 표정이다. 잇세이만이 아니다. 곁에 있던 마리노까지 같은 표정으로 잇세이와 시선을 흘끔 주고받는 것처럼 보였다. 잇세이가 차분히 도오루에게 물었다.

"도오루, '숲속 유령 저택'이라는 게 혹시 여기서 시가지로 나갈 때 지나는 숲에 있는 그 오래된 저택을 말하는 거니?"

살짝 허스키한 목소리였다.

"네. 맞는데, 왜요?"

"그 저택에는 관심 갖지 않는 게 좋을 것 같은데?"

"관, 관심이 있다는 건 아니지만, 근데 왜요?"

심장이 방망이질 쳤다. 눈앞이 빙글빙글 도는 것 같았다. 절대 물어서는 안 될 말을 한 것 같았다.

'아니 그보다 도대체 이 상황은 뭐지?'

공포물에 자주 나오는 도입부가 지금과 비슷하다는 생각이 들었다. 등골이 오싹해졌다. 현실 세계에서 자꾸 멀어지는 느낌이 들기 시작했다.

"왜냐하면 그곳에는."

잇세이는 도오루의 시선을 피하고는 잠시 무언가를 생각하더니 다시 입을 열었다.

"말도 못 할 정도로 무시무시한 악령이 산다는 소문이 있으니까."

도오루는 도움을 바라는 눈길로 마리노를 쳐다보았다. 그녀는 사뭇 무표정한 시선으로 도오루에게 말했다.

"도오루, 넌 영리하니까 절대 가지 않겠지만, 아무튼 숲에는 들어가면 안 돼. 알았지?"

그 순간 계산대에 있던 그림 속 검은 고양이가 눈을 깜박인 것 같았다.

현실에서 다른 세상으로 발을 들여놓은 것 같은 기분으로 도오루는 자전거를 타고 친구들이 기다리고 있을 호텔 안 정원으로 향했다.

자전거는 얼마 전 중고로 산 것이다. 흔한 사이클링용 자전거이지만 용돈을 아껴서 산 소중한 녀석이었다. 자전거 가게 아저씨가 정성껏 손질한 덕분에 새것처럼 보였고, 오히려 길이 잘 들어 있어 타기 수월했다. 인터넷을 뒤져 좋은 전조등을 사서 단 것도 은근히 자랑스러웠다.

산골짜기 마을, 자전거 전조등이 비추는 곳과 상점에서 새어 나오는 불빛 사이에는 어둠이 성큼 내려앉아 자리 잡고 있었다.

잇세이 말대로 오늘 밤에 성날 비가 내릴끼, 큰 난개처럼 생기 먹구름이 무겁게 드리워 있었고, 그 사이로 얼핏 별이 빛나는 가을 밤하늘이 보였다. 차가워진 밤공기가 바람이 되어 온몸을 휘감더니 귓가를 스쳐 지났다. 도오루는 어둠 속으로 돌진하는 느낌이 들어 심장이 두근거리는 것을 어찌할 수 없었다.

'아, 정말 싫다, 무서워 죽겠어.'

하지만 친구들이 기다리고 있는 곳을 향해 이를 악물고 자전거 페달을 밟았다. 호텔은 마을 언저리 야트막한 언덕에 자리하고 있었다. 그곳까지는 가로등이 있는 산책로와 도로가 이어져 있다. 은은한 불빛을 따라 언덕 위에 반기듯 서 있는 오래된 호텔을 보자 어깨에 힘이 조금 빠지는 것을 느꼈다.

환하게 밝혀진 호텔, 자전거에서 내려 안쪽 정원으로 들어서자 마음이 완전히 놓였다. 그러던 중 나무에 걸린 조명을 자세히 보니 섬찟하게 웃고 있는 호박 인형과 펄럭이는 유령이 아닌가.

"아, 깜짝이야."

도오루는 외마디 소리를 지르고 핸들 위에 얼굴을 묻었다. 이런 특별 행사가 어서 끝나고 내일이 되어 있으면 얼마나 좋을까 싶었다. 내일이 되면 분명 평온했던 일상으로 돌아가 잇세이는 무서운 얘기를 하지 않을 테고 마리노도 그런 눈으로 쳐다보지 않을 것이다.

애들아, 하는 소리가 들리더니 호텔 안쪽 문에서 오토야가 고급 외제 자전거를 끌면서 나왔다. 왠지 기운이 없어 보였다. 도오루가 겁을 먹고 있다는 걸 알아챘는지 가볍게 어깨를 들썩이더니 작게 속삭였다.

"미안해, 내가 부추기긴 했지만 막상 닥치니까 은근히 무섭네."

"무서워?"

"그게 말이야, 호텔 사람들한테 유령 저택에 대해 물어봤는데 모두 짜고 치는 것처럼 무서운 말만 해주는 거야. 꿈에 나올 것처럼 섬뜩한 얘기뿐이었어."

"넌 무서운 얘기 좋아하잖아?"

"그것도 정도가 있지. 전설로 내려오는 괴담은 나도 무서워. 너무 실감 나서."

"그렇구나."

오토야는 완전히 맥이 빠진 얼굴로 어깨를 축 늘어뜨렸다. 오토야는 천재들만의 특성이랄까, 예민하고 변덕스러운 기질이 있다. 이번에도 그런 것 같았다.

"오늘 밤늦게 가족이 도착할 거래. 그때까지는 돌아오면 좋겠는데."

오토야는 고개를 숙이고 더벅머리를 감싸더니 애먼 돌멩이를 발로 차며 말했다.

"난 내가 이렇게 겁이 많고 한심한 놈인 줄 몰랐어."

"솔직히 나도 엄청 무서워. 게다가 오늘 밤에는 비도 온대."

도오루는 슬쩍 떠보는 마음으로 "후타에게 오늘 모험은 일찍 끝내

자고 말해볼까? 그리고 정말 공원에 가서 별 구경을 하는 건 어때?"
하고 물었다.

오토야가 밝아진 표정으로 얼굴을 들었다.

"맞아, 바로 그거야. 짧아도 모험은 모험이니까. 나도 사실 별 구경
이 싫은 건 아니었거든."

"나도야. 별 구경하면서 따뜻한 코코아랑 도시락이나 먹자. 진짜
재미있겠다. 근데 문제는……."

모험을 계획한 후타가 과연 동의할지였다. 오토야도 같은 생각을
한 것일까. 둘은 눈이 마주친 순간 가볍게 한숨을 내쉬었다.

뒤늦게 자전거를 타고 나타난 후타는 웬일인지 평소답지 않게 풀
죽은 목소리로 "미안, 많이 기다렸지?" 하고 인사를 건넸다. 길이 잘
들여진 로드 자전거에서 내리며, "얘들아, 주동자인 내가 이런 말 하
는 건 좀 그런데, 오늘 밤 유령 저택에 가는 거 말이야, 가능한 한 빨리
갔다가 빨리 오자"라고 말했다.

도오루와 오토야가 마주 보더니 물었다.

"왜?"

"갑자기 무서워진 거야?"

후타는 자전거를 밀며 도로를 향해 천천히 걸으며 대답했다.

"무섭긴 뭐가 무서워. 어차피 유령 같은 건 안 믿는데."

후타는 휙 돌아보며 단호하게 말했다.

"이건 저택에 유령이 없다는 걸 증명하기 위한 모험이라고."

후타가 한숨을 쉬더니 앞을 보며 다시 걷기 시작했다.

"그냥 양심에 좀 찔려서 그래. 아무리 모험이라지만 그래도 거짓말은 나쁜 거잖아."

이해할 수 있었다. 도오루와 오토야도 서로를 바라보며 고개를 끄덕였다. 도오루 역시 잇세이가 아무 의심 없이 정성껏 만든 도시락을 챙겨준 것이 마음에 걸렸다. 부모님을 속인 후타도 죄책감을 느끼고 있는 것 같았다. 옆으로 길게 멘 배낭이 불룩하게 튀어나온 걸 보니 그 안에는 음식 솜씨가 좋기로 소문난 후타의 엄마가 싸준 맛있는 도시락이 들어 있을 게 틀림없었다. 후타의 아빠도 들뜬 목소리로 "멋진 밤하늘을 볼 수 있으면 좋겠다. 잘 다녀와라, 소년이여!" 하면서 해맑게 웃으며 보내주었을 것이다.

도오루가 자전거를 밀며 빠른 걸음으로 후타 옆으로 다가섰다.

"후타, 차라리 오늘 모험은 그만두지 않을래? 그냥 공원에 가서 별자리를 보는 게 낫지 않을까?"

"나도 찬성."

오토야도 자전거를 밀며 따라붙더니 말했다.

하지만 후타는 고개를 저었다.

"그건 좀 아니지 않냐? 남자가 칼을 뽑았으면 호박이라도 찔러봐야지. 한번 하겠다고 해놓고 도망치는 것 같아서 좀 지질해 보이잖아. 일단 유령 저택까지는 가보자. 갔다가 바로 돌아오면 되잖아. 남자가 배짱이 있어야지, 안 그래?"

배짱? 갑자기 배짱이라니? 노보루는 생각했다.

오토야가 고개를 설레설레 저으며 말했다. "솔직히 요즘 같은 세상에 남자니까 어쩌고 하는 얘기는 좀 구리지 않냐? 백 년 전이라면 몰라도."

"난 배짱 있는 남자야. 사나이답게 살 거라고."

"야, 힘들겠다."

오토야가 깊은 한숨을 내쉬더니 도오루에게 슬쩍 눈치를 주었다. 무슨 말을 하려는지 알 것 같았다.

"일단 갔다가 얼른 돌아오자."

도오루는 고개를 끄덕였고, 그렇게 셋은 어른들에게 들키지 않도록 살금살금 숲으로 가는 길로 향했다.

처음에는 사람들 눈을 의식했지만 마을을 벗어나고 나서는 기분 좋게 바람을 가르며 자전거 페달을 밟았다. 10월의 마지막 밤, 겨울이 바짝 다가와 있었다. 시린 바람에 이가 덜덜 떨렸지만 묘하게 상쾌했다.

'도망치거나 숨거나 어른들 몰래 하는 건 뭐든 조마조마하지만 신난다. 마치 술래잡기나 숨바꼭질처럼. 하지만 이번에는 놀이가 아니라 진짜다.'

달리면서 마음이 가벼워진 것은 이 모험을 일찍 끝내기로 했다는 이유도 한몫했다. 이제 후타가 유령 저택 모험을 성공했다는 것으로 만족하기만 한다면 마을로 돌아가 마음 편히 별을 구경하면 된다. 그

나저나 도오루에게는 조금 신경 쓰이는 구석이 있었다. 갔다가 바로 돌아와버린다면 외로워 보이던 할머니 유령과는 만날 수 없겠지? 이내 고개를 저었다.

'아냐, 그냥 내가 착각한 걸 거야. 그래, 그냥 잘못 본 거야.'

그렇게 생각하는 게 좋을 것 같았다.

소년들이 탄 자전거는 아무에게도 의심받거나 들키지 않고 밤길을 달렸다. 인구가 적은 작은 마을이고 기복이 심한 지형인 데다 가로수나 작은 숲으로 둘러싸여 있기 때문이다. 만약 누군가 유심히 지켜봤다면 자전거가 달리는 소리를 듣거나 불빛을 봤을 수도 있지만. 인가에서 새어 나오는 불빛이 멀어지면서 소년들은 들킬 염려가 없다는 확신이 들자 눈짓을 주고받았다.

사쿠라노마치 마을은 산골짜기에 있지만 예전에는 많은 여행자들을 맞이하는 멋진 관광지였기 때문에 아랫마을 시가지로 가는 길이 잘 정비되어 있었다. 마을의 쇠락과 더불어 버스의 배차 간격도 길어지면서 한때는 도로가 숲에 묻힐 뻔했지만, 몇 해 전 부임한 이장의 역량으로 재정비되었다. 드문드문하긴 해도 길가에는 가로등도 설치되었다. 그렇다고는 해도 이렇게 쌀쌀하고 어두운 밤에 도로를 지나는 자동차는 거의 없다. 그 덕분에 소년들은 막힘없이 질주했다. 내리막길에서는 검은 숲과 그 너머 시가지의 야경을 향해 쏜살같이 달릴 수 있었다. 예정보다 일찍 숲에 도착할 것 같았다. 그 대신 돌아갈 때는 오르막길을 올라가야 하지만 아이들에게 그건 그때 가서 고민할 일이었다. 이 나이 또래 아이들은 몸을 움직이다 보면 나중 일이야 어떻게 되든 안중에도 없는 법, 소년들은 밤 사이클링의 재미를 만끽하느라 여념이 없었다. 신나게 달리던 오토야가 "역시 난 사쿠라노마치에서 글을 쓰며 살고 싶어" 하고 말했다.

"가끔 이렇게 사이클링을 하면서 말이야. 오토바이도 좋지만 역시 자전거가 최고지."

도오루와 후타가 앞지르자 오토야의 목소리는 밤하늘로 미끄러지듯 흘러갔다.

얼마 전 호텔 방에서 홍차를 마시며 작전을 짜던 날, 오토야가 말했었다.

"우리 부모님은 친구가 많은데 그중에 작가 친구도 몇 분 계시거든. 우리 집이 넓은 편이라 며칠씩 머물다 가곤 하셨어. 그분들은 책을 좋아하는 나를 예뻐해주셨는데 좋은 책을 추천해주거나 신간을 보내주기도 하셨어. 어릴 때 내가 처음 쓴 동화를 읽어보고 감상을 들려주기도 하셨고. 그래서 작가가 되기로 결심한 거야. 다들 알겠지만 요즘 작가들은 어디에 살든 글을 쓸 수 있잖아. 원고는 인터넷으로 보내고 원고 수정 같은 것도 택배로 주고받으면 되고. 회의는 인터넷이나 전화로도 가능하니까. 사쿠라노마치에도 작가가 계시지?"

후타가 호텔에서 만든 쿠키를 먹으면서 웃는 얼굴로 고개를 끄덕였다.

"맞아. 집필은 집에 틀어박혀 할 수 있는 일이고. 이 마을에는 온천이 있으니까 일하다 피곤하면 온천에 가서 피로도 풀 수 있고. 음식도 맛있고, 자연으로 둘러싸여서 하늘도 푸르고 바람도 맑고, 역사가 깊어서 관광도 할 수 있고. 이장님도 예술가들을 유치하려 애쓰고 계시고. 그래서 문구점 마리노 누나도 온 거잖아."

"맞아, 호텔에도 도시에서 온 사람들이 자주 드나들어. 오래된 민가를 싸게 임대해주고 개조 비용 보조금도 나온대. 나도 그렇게 살고 싶다."

오토야는 꿈꾸는 듯한 눈빛으로 말했다.

"사쿠라노마치 인근에는 사람이 살지 않는 고풍스럽고 멋진 건물이 좀 있잖아. 난 가끔 상상을 해. 내가 살게 된다면 어느 집이 좋을까 하고. 숲속 유령 저택도 말이야, 사실 살 수만 있으면 멋질 것 같아. 난 공포소설이나 추리소설을 쓰고 싶으니까 이야기 세계관과도 딱 맞아떨어지고."

후타가 "맞아" 하고 맞장구를 치며 쿠키를 와그작 깨물었다.

"악령이 먼저 살게 돼서 안타깝다."

"맞아, 같이 살 수도 없는 노릇이고."

오토야도 수긍하며 쿠키를 집어 들었다.

그날의 대화를 떠올리고 있는데 목덜미에 굵은 빗방울이 떨어졌다. 하늘을 올려다보니 빗방울이 후드득 떨어지고 있었다. 후타가 소리를 질렀다.

"앗, 비 온다."

세 소년은 한 시간도 채 안 걸려 숲에 도착했다. 얼마 안 가 바로 그 저택이 어슴푸레 모습을 드러내자 소년들은 자전거를 멈춰 세웠다. 지나는 차량은 없었지만 도로를 따라와서 헤매지 않고 도착할 수 있었다. 다만 단숨에 달려왔기 때문에 자전거에서 내리자 다리가 조금 후들거렸다. 손잡이를 잡은 손에 힘을 너무 많이 준 탓일까. 잘 펴지지 않았다. 비가 본격적으로 내리기 시작했고 소년들은 물에 젖은 생쥐 꼴이 되고 말았다.

"다 젖었네."

소년들 입에서 동시에 같은 말이 새어 나왔고, 추위에 떨리는 목소리는 하얀 입김이 되었다. 함빡 젖은 몸으로 거친 빗속을 뚫고 심지어 오르막길로 돌아가야 한다고 생각하니 벌써부터 온몸이 무거워졌다. 질퍽해진 땅과 나무에서 나는 냄새까지 몸에 들러붙은 느낌에 한층 더 무거운 것 같았다.

"참, 샌드위치."

도오루는 메고 있던 배낭을 앞으로 돌려 가로등 밑에서 도시락을 확인했다. 비닐봉지에 들어 있어 괜찮았지만 이대로 계속 비를 맞는다면 퉁퉁 불어버릴 것 같았다.

'잇세이 형이 정성껏 만들어준 건데.'

미안한 마음에 탄식이 절로 나왔다. 후타와 오토야도 자신들의 도시락을 확인하고는 아마 같은 생각을 하는 듯했다. 오토야가 불쑥 한 마디했다.

"이제 돌아가자."

후타도 비에 젖지 않게 몸으로 배낭을 감싸며 고개를 끄덕였다.

"그래야겠다. 저택 가까이 가서 한번 보기만 하고 가자."

자전거를 밀면서 산책로였던 듯한 좁은 오솔길을 걸었다. 얼마 안 되는 거리였으나 이상스레 멀게 느껴졌다. 이제껏 버스 차창 너머로만 보아와서 몰랐는데 이 주변도 점차 정돈을 하고 있는지 무척 걷기 편한 길이었다. 잡초를 베어낸 길에 자갈이 예쁘게 깔려 있었다. 어두워 잘 보이진 않았지만 먼발치에는 공원 같은 게 있는 것 같았다. 사람이 지나다니는 곳도 아닌데 여기저기 가로등도 켜져 있었다. 도오루는 어쩌면 누군가 살고 있을지도 모른다고 생각했다.

밤하늘에서 주룩주룩 내리는 빗줄기 사이로 보이는 저택은 검고 거대해 중압감이 느껴졌는데, 점점 가까워질수록 오히려 저택이 자신들을 향해 다가오는 것 같은 착각이 들었다. 공포영화 포스터에 자주 등장하는 저주받은 저택 같았다.

목이 탔다. 쏟아지는 빗소리가 귀를 찌를 듯했다. 너무 무서웠다. 이런 느낌마저도 공포영화의 한 장면 같아 더 무서웠다.

'심지어 오늘은 핼러윈이다.'

공포영화를 보다 보면 자주 나오는, 애초에 주인공들이 왜 하필 그런 날을 골라 그런 장소에 가는지 한마디하고 싶어지는 장면이랄까,

겁이 많은 도오루가 무서워 더는 못 보겠다고 하던 그런 장면 같았나. 이제 와 무슨 소용인가 싶지만 어쩌자고 핼러윈 밤에 유령 저택에 왔는지 후회했다. 팔다리가 후들거리기 시작했는데, 그것이 추워서인지 자전거를 너무 빠르게 타고 와서인지, 눈앞에 있는 유령 저택이 무서워서인지 도무지 알 수 없는 지경이 되었다. 후타와 오토야도 묵묵히 자전거를 끌며 걷고 있는 걸 보니 두려워하는 것 같았다. 유령 따위는 없다고 큰소리치던 후타가 조용해진 걸 보니 조금 우스웠다.

유령 저택에 도착해 인기척 없는 현관 앞에 서서 사방이 유리창으로 둘러싸인 저택을 올려다보며 도오루는 마침내 이것으로 오늘 모험도 끝났다, 이젠 집에 돌아갈 수 있겠구나 싶어 안도감이 밀려왔다. 마음에 여유가 생겨서일까, 며칠 전 버스에서 보았던 모습이 생각나 진짜 서가가 있는지 집 안을 들여다보러 다가갔다.

"야, 뭐 해?"

오토야와 후타가 깜짝 놀라며 다가와 함께 유리창 안을 들여다보았다. 가로등이 멀리 떨어져 있어 그런지 잘 보이지 않았다. 이상하게 방 안은 심해에 떠다니는 빛처럼 옅은 푸른빛이 밝혀져 있었는데 어쩌면 내부가 보일 것도 같았다.

"왠지 서가가 있을 것 같아."

"서가? 그럴 것 같긴 하다."

오토야가 말했다.

만약 방 안에 정말로 서가가 있다면, 버스 안에서 언뜻 보았던 것처럼 정말로 책이 꽂혀 있다면, 슬퍼 보였던 할머니 유령도 꿈이나 착각이 아니었다는 거겠지? 무서워 심장이 터질 듯 두근거렸지만 동화 속 고양이 요지겐의 목소리가 들려왔다.

'정의는 결코 물러서지 않는다!'

유리창은 담쟁이와 나뭇가지가 들러붙어 있어 몹시 지저분했지만 소년들은 바짝 다가가 안을 살폈다. 마침내 도오루는 천장이 높은 방 안에 벽면을 가득 차지한 커다란 서가와 그곳에 빼곡하게 채워진 수많은 책들을 보았다. 순간적으로《미녀와 야수》에 나오는 성 안에 있던 서재와 비슷하다고 생각했다. 멋진 방에 가득 채워져 있던 수많은 책들. 눈앞에 보이는 책 더미는 제목이 잘 보이지 않아서 어떤 책이 있는지 알 길이 없었지만, 도오루는 이 서가의 주인은 분명 책을 좋아한다는 확신이 들었다.

"어라?"

도오루는 뭔가 이상하다는 걸 느꼈다.

"얘들아, 저기 어항이 있어."

어항? 어디, 어디? 하고 후타와 오토야도 두리번거렸다.

방 안에 감도는 푸른빛이 어쩐지 익숙했던 것은, 서가로 가득한 방 한가운데에 열대어가 헤엄치고 있을 법한 커다란 어항이 하나 놓여 있고 짐작대로 그 어항이 푸른빛을 발하고 있어서였다.

새아빠가 열대어를 키웠기 때문에 도오루는 알고 있었다. 어항에 달빛을 닮은 조명을 켜두면 방 안 조명을 끈 밤에도 어항이 은은하게 빛을 발한다. 도오루는 새아빠와는 사이가 나빴지만 예쁜 열대어와 하늘거리는 수초를 보면 항상 기분이 좋았다. 늦은 밤 캄캄한 방 안에서 어항에서 새어 나오는 빛을 바라보는 것이 좋았다. 새아빠는 어항과 수초는 좋아했지만 열대어나 조개 같은 다른 생명에는 별 관심이 없어서, 제대로 돌보지 않은 탓에 죽은 열대어나 조개를 볼 때마다 너무 슬펐다.

도오루는 고개를 갸웃했다.

"이곳이 정말 유령 저택일까?"

사람이 살지 않는 집 같지 않았다.

"유령이 열대어를 키울 리가 없잖아. 게다가 전기가……."

"바로 그거야. 저런 어항은 전기가 없으면 설치를 못 하니까."

하고 오토야가 결론을 내렸다.

어항에는 유유히 헤엄치고 있는 물고기들의 윤곽이 보였다. 조명에 여과 장치나 난방까지 설치된 어항을 유지하려면 전기가 필요할 테니 결론적으로 이 저택에는 전력이 공급되고 있는 것이다.

"유령이 전기가 들어오는 저택에서 열대어를 키운다는 건 좀 이상하긴 해."

도오루의 말에 오토야도 동의했다.

"맞아, 그렇다면 공포감도 없고 악령치고는 좀 웃기잖아."

"에이, 뭐야."

후타가 실망한 듯한 표정으로 말했다.

"결국 이곳에는 악령이 사는 게 아니었군. 역시 내 말이 맞지? 이로써 모험은 성공한 셈이니 후련하네."

도오루는 후련한 느낌과는 뭔가 다르다고 생각했지만, 하긴 뭐, 하며 같이 웃었다. 오토야도 젖은 머리칼을 손수건으로 닦으며 웃고 있었다.

소년들은 슬슬 돌아갈 채비를 했다. 이 빗속에 별 구경은 힘들겠지만 공원에 정자가 있으니 그곳에서 도시락을 먹기로 했다. 따뜻한 음료가 한층 맛있게 느껴질 터였다. 이제 도시락이 젖지 않게 마을까지 가는 일만 남았다.

"근데 말이야."

오토야가 갑자기 목소리를 낮추더니 "여기가 유령 저택이 아니라면 누군가 살고 있다는 말이잖아? 그럼 우리는 무단침입한 거니까 도둑으로 몰리기 전에 조용히 빠져나가야 할 것 같아" 하고 말했다.

후타도 목소리를 낮췄다.

"네 말이 맞아."

도오루 역시 조심스레 고개를 끄덕였다. 유리창을 만졌던 손바닥이 새카맣게 더러워진 걸로 봐서는 만약 이곳에 사람이 살고 있다면 그 사람은 청소를 잘 못하거나 관심이 없는 사람일 것 같았다.

'아니면……'

어쩌면 이 저택에 사는 사람은 몸이 불편해서 청소까지 신경 쓸 여력이 없는지도 모른다. 몸이 불편하면 집 안 청소는 가끼스로 할 수 있다 하더라도 힘을 쓰는 일은 못 한다는 것을 도오루는 알고 있었다. 사랑하는 엄마가 몸과 마음에 병이 들었을 때 그랬기 때문이다.

'여기가 유령 저택이 아니라면, 그럼 내가 본 할머니는…….'

유령이 아니었던 걸까?

'너무나 흐릿해서 존재감이 없어 보였는데, 여기가 유령 저택이라고 굳게 믿고 있었기 때문에 사람이라는 생각을 못 했던 걸까?'

만약 사람이면 무섭지 않으니 다행이지만, 그렇다면 할머니는 대체 어디에 계신 걸까?

계속해서 내리는 비 때문인지 주위는 적막했고 소년들 외에는 인기척을 느낄 수 없었다. 저택 안에서도 인기척은 없었다. 아직 저녁 7시가 조금 넘었을 뿐이니 주무시기에는 이르다. 외출하셨나? 그때 하늘에서 굉음이 울리더니 번개가 번쩍였다.

순간적으로 주위가 밝아지는 바람에 도오루는 서가에 있는 책 중에서 눈에 익은 책등을 발견했다. 찰나였지만, 거리도 있었지만, 틀림없었다.

《하늘색 기사》, 아주 오래된 동화책. 예전에 살던 집에 있던 수많은 동화책 중에서 아빠가 특히 소중히 간직하던 책이었다. 친한 친구들끼리 검과 마법의 세상으로 모험을 떠나는 이야기다. 새아빠가 오래전에 출판된 옛날 동화책 따위 읽지 말라며 빼앗아 찢어 아파트 뒤에 있는 강에 버린 책이었다. 이미 절판된, 지금은 아무리 찾아도 살 수 없는 책이었다.

'《하늘색 기사》가 있다.'

도오루는 분명 그 책을 보았다고 생각했다. 번쩍이는 번갯불에 비친 오래된 저택의 서가에서. 반세기 전에 출판된, 연한 노란색 천 장정으로 된 책. 아름다운 제목 서체. 앞표지까지는 안 보였지만 도오루에게는 모자를 쓰고 하늘색 망토를 두른 사랑스러운 아기 고양이가 보였다. 다른 세상으로 빨려 들어간 주인공 소년과 그곳에서 만나 친구가 되는, 말하는 아기 고양이의 용맹스러운 모습이었다.

손에 들고 있는 것도 아닌데 종이와 잉크 냄새가 나는 것 같았다. 묵직한 느낌의, 가득한 활자가 보이는 것만 같았다. 요즘에는 활자가 그렇게 많은 동화책은 없다. 빽빽하게 채워진 한자 때문에 페이지 전체가 검게 보이는 경우도 흔치 않다. 그야말로 옛날 동화책이다.

그 동화책 속의 세상은 오래전 나쁜 마법사의 주문으로 곧 사라질 위기에 처해 있었지만 주인공 소년은 우연한 계기로 세상을 구하는 전설의 용사가 되고 아기 고양이와 함께 사차원 세계에서 하나둘 친구가 되어 수많은 모험을 펼친다. 착하지만 마음 약하고 눈물이 많던 소년은 모험을 하면서 강인하고 늠름해지며 마침내 사차원 세계를 구하고 원래 세상으로 돌아온다.

아기 고양이는 마지막에 소년을 지키기 위해 목숨을 버리지만 원래 세상으로 돌아온 소년의 집에 마치 다시 태어난 것 같은 모습으로 찾아와 그 후 함께 살게 된다. 그러고 보니 도오루가 고양이를 좋아하게 된 것은 그 책을 닳도록 읽었기 때문일지도 모른다.

도오루는 마음 약하고 착한 주인공 소년을 항상 자기 자신과 비슷하다고 여기고 있었다. 읽을 때마다 책 속에서 사는 것 같은 착각이 들었다. 아무리 힘들거나 외로울 때도 책 속에서만큼은 편하게 숨을 쉴 수 있었고 친구와 웃으며 모험을 할 수 있었다.

그래서 새아빠가 그 책을 찢어 버렸을 때 자신의 영혼까지 버려진 것 같은 아픔을 느꼈다. 너무 오래전에 출판된 책이어서 도오루는 그 책을 아는 친구와 만난 적이 없다. 그런데 잇세이는 《하늘색 기사》를 알고 있었다. 알고 있다니 너무도 반가웠다. 자기도 그 책을 좋아한다고 했다. 하지만 더 이상 살 수 없는 책이라고. 그 책을 출판한 작은 출판사는 도산해버렸고 그 후로 책은 유통 과정에서도 사라져버렸다고.

"좋은 출판사였는데. 그곳에서 나온 책들을 이제는 더 이상 구할수 없어. 나도 오래전부터 찾고는 있지만."

잇세이는 안타까운 듯 말했다.

"그 책을 쓴 동화 작가도 그 한 권만 썼나 봐. 그런 책은 복간하기도 어렵지. 다만 작가는 이름을 바꿔서 지금은 일반 소설을 쓰고 있다는 소문이 있어. 단지 소문일 뿐이지만 만약 사실이라면 다시 아이들 책을 써주면 좋을 텐데."

그러면 내가 신나게 팔 수 있을 텐데 말이야, 하며 잇세이는 깊은한숨을 내쉬었다.

"애들아, 지금 저쪽에서 번개 치는 거 봤어? 번개 치는 순간에 저 아래까지 다 보였어."

후타가 비에 젖은 머리를 확 돌리며 도오루와 오토야를 향해 말했다. 어두워서 자세히 볼 수는 없었지만 후타는 높은 곳에 서 있는 것 같았다. 정원에 말라비틀어진 덤불 위로 낡은 돌담이 있는 듯했다. 그 위에 후타가 서 있었던 것이다.

"애들아, 이리 와봐. 번개가 다시 칠 거야. 굉장해. 끝내주는 광경이었다고. 마치 그림 같아."

"정말? 나도 나도."

오토야는 후타가 말한 대로 돌담 위에 올라섰지만 도오루는 올라가려 손발을 걸치기만 했는데도 겁이 났다. 비에 젖은 돌담은 차갑고 미끌거렸으며 은빛으로 번뜩이는 빗줄기가 바늘처럼 내리꽂히는 반대편 아래로는 칠흑 같은 어둠뿐이었다. 아마도 숲이 끊긴 곳이라 아래까지 내려다보이는 듯했다. 아주 멀리서 도시의 불빛이 반짝였다.

'저기에 번개가 내리치는 광경은 정말 멋질 테지만.'

칠흑 같은 공간은 틀림없이 벼랑이어서 떨어졌다가는 다치는 걸로 끝날 일이 아니라고 생각했다.

"애들아, 위험해. 내려와. 떨어지면 어쩌려고?"

"번개 치는 거 한 번 더 보고 싶단 말이야. 그렇지, 오토야?"

"맞아, 소설 쓸 때 장면 묘사에 참고가 될 것 같아서 나도 보고 싶어."

하늘에서 또다시 콰르릉콰르릉하고 천둥이 치기 시작했다.

"이린 숲속에서 천둥 번개가 치는 밤에 밖에 있는 기 긴끼 위험하다고. 번개라도 맞아서 감전되면 어쩔래?"

도오루가 소리치는데 귓가에서 난데없이 누군가의 목소리가 들렸다. 속삭임은 비바람 소리에 섞여 들려왔다.

'돌담이 허물어질 것 같으니 조심하렴.'

뒤돌아봤지만 아무도 없었다. 아무도 살지 않는 저택만이 우뚝 서 있을 뿐이었다. 도오루는 잘못 들었다고 생각하면서도 목소리가 말한 대로 돌담이 허물어질지 모르니 팔을 뻗어 두 사람을 정원 쪽으로 끌어당기려 했다. 그 순간 천둥소리와 함께 번개가 마치 불꽃이 터지는 것처럼 빛났다. 오토야는 머리를 감싸고 정원 쪽으로 몸을 날렸지만 후타는 너무 놀란 나머지 그만 상체가 벼랑 쪽으로 기울었다.

"위험해."

도오루는 재빨리 뛰어올라 후타의 팔을 낚아채 정원 쪽으로 끌어당겼다. 그 순간 뛰어오를 때 발로 디딘 충격으로 돌담이 와르르 무너져내렸다. 도오루는 후타의 몸을 지나쳐 벼랑 쪽으로, 끝도 없을 것 같은 암흑 속으로 떨어졌다.

'아아, 떨어지나 보다.'

도오루는 의식이 흐려지는 것을 느꼈다. 언젠가 이런 일이 있었던 것만 같다. 아니, 자신의 경험은 아니다. 해지고 닳도록 읽었던 《하늘색 기사》에서 주인공 소년이 벼랑에서 떨어질 것 같은 친구를 구하려고 대신 몸을 던졌다. 멋지다고 생각하며 언젠가 자신도 그 주인공처럼 친구를 구하기 위해 목숨을 바칠 수 있다면 하고 동경해왔던 것이다. 목숨을 바쳐도 후회 없을 친구가 있으면 좋겠다고 생각했다.

'소원이 다 이루어졌네.'

어둠 속으로 빨려 들어가는 기분이었음에도 어찌 된 일인지 피식 웃음이 나왔다. 누군가 팔을 덥석 잡아끄는 느낌이 들었다. 너무나 아프도록 세게.

정신을 차린 도오루는 낯선 방 안에 있었다. 어둑한 방에서 의자에 기대 잠을 잤던가 보다. 창밖에서 들리는 빗소리에 기분이 좋았다. 비 냄새와 함께 어딘가 아련하면서 익숙한 냄새가 났다. 그렇게 숨을 들이마시고 내쉬던 중에 책 냄새라는 걸 깨달았다. 태어나기 전부터 도오루 곁에 있었던 책 냄새, 지금도 할아버지 방에서 나는 책 냄새가 도오루 곁을 아늑하게 감싸고 있었다.

갑자기 재채기가 나왔다. 온몸이 떨리고 추웠다. 그도 그럴 것이 비에 흠뻑 젖어 있었기 때문이다. 무슨 일이 있었는지 기억을 더듬는다. 여기가 어딘지 주위를 둘러본다. 옅은 푸른빛이 은은하게 감돌고 있고 수많은 서가가 벽을 가득 메우고 있는 천장이 높은 방으로, 귀에 익은 모터 소리에 둘러보니 열대어가 유유히 헤엄치고 있는 어항이 있다. 도오루는 깜짝 놀라 상체를 일으켰다.

어두운 창밖으로 정원이 보인다. 조금 전까지 있었던 곳이다. 그렇다면 이곳이 유령 저택 안이라는 것을 아직 몽롱한 정신으로 어렴풋이 깨닫는다. 후타와 오토아가 보이지 않는다. 왜일까. 이 방에는 없는 것 같다.

"사내아이들이란 정말 못 말린다니까."

누군가 나직하게 말했다.

"아래로 떨어졌다면 넌 죽었을 거야."

도오루가 앉아 있는 의자 맞은편으로 의자가 또 하나 있다. 그 의자에는 검은 드레스를 입은 할머니가 앉아 있다. 무릎 담요를 덮고 지팡이를 쥐고 환히 꿰고 있다는 시선으로 도오루를 쳐다보고 있다. 어쩐지 낯이 익은데, 누구지?

'이 사람은 분명 이 저택 주인일 거야.'

뒤죽박죽으로 엉킨 머리로 생각한다. 이 저택에는 유령이 아니라 사람이 살고 있고, 그것이 이 사람이다. 아까는 아무도 살지 않는 것처럼 보였지만 실은 저택 어딘가에 있었던 것이다.

'그렇다면 얼마 전 해 질 녘에 버스에서 본 할머니 유령이……'

유령이라고 마음대로 생각했지만 결국 사람이 아닌가.

'그래, 역시 사람이었어.'

그렇다면 잘된 일이다. 외로워 보이는 유령이 살고 있는 저주받은 저택은 애초에 존재하지 않았다는 것이니까.

할머니는 눈썹이 처진 귀여운 인상이었다. 하지만 둥근 안경 너머 그윽한 눈빛으로 날카롭게 쏘아보고 있었는데, 언짢아 보이기도 하고 곤혹스러워 보이기도 했다.

"그냥 놔둘까 생각도 했지만, 두고 보지 못하는 성미라서. 어쩌다 이런 시간에 아이들끼리 숲에 들어온 게냐? 하필 핼러윈 밤에. 담력 시험이니?"

여전히 꿈속인 것 같은 기분으로 도오루는 사정을 설명했다. 할머니는 어깨를 으쓱이며 장난기 어린 웃음을 지었다.

"이 집이 유령 저택이라고 불린다며? 내가 유령처럼 보이니?"

도오루도 어깨를 으쓱이며 고개를 저었다.

"하필이면 악령이라니."

할머니는 어이없는 표정으로 투덜투덜 말을 이었다.

"숲속 낡은 집에 혼자 산다고 그런 소문이 난 건가? 혼자 사는 게 편하고 오래된 이 집에 정도 들고 한적한 곳에서 조용하게 살고 싶은 것뿐인데. 게다가 일하기도 편하고."

"이곳에 사시는 게 외롭지 않다면 다행이에요."

할머니는 허리에 손을 얹고는 흥, 하고 코웃음을 쳤다.

마치 꿈결 같은 시간 속에서 도오루는 할머니와 많은 이야기를 나눈 것 같다. 그중에는 《하늘색 기사》 이야기도 있었다. 서가에 있는 것을 보았고 정말 좋아하는 책이라고 하자 할머니는 서가에서 그 책을 가져와 기쁜 듯이 내밀며 "이 책은 항상 이 서가에 꽂혀 있을 테니 언제든 읽으러 오렴. 내가 살아 있는 동안에는 이곳에 꽂아둘 테니" 하고 말했다.

반가운 책을 안으며 도오루가 감사를 전하자 할머니는 미소 지으며 "오히려 내가 고맙지" 하고 답했나. 눈 볼이 스며든 미소였다.

'고맙구나.'

"도오루, 도오루. 정신 차려."

"야, 아직 죽으면 안 돼."

거칠게 흔드는 바람에 도오루는 눈을 떴다. 후타와 오토야가 위에서 내려다보고 있다. 후타가 기쁜 듯 소리를 질렀다.

"우와, 눈 떴다! 다행이야. 살아 있어."

"뭐야, 왜 함부로 사람을 죽이고 난리야?"

도오루는 몸을 일으키려다 외마디 비명을 지르고 오른쪽 발을 감싸 안았다. 너무 아팠다. 무슨 일이 일어난 건지 혼란스러웠지만 이유를 알 수 없었다. 방금 전까지 자신은 분명 저택 안에 있지 않았던가. 그런데 또다시 정원이라니.

'꿈이었나?'

어디까지가 꿈이지? 후타를 도우려다 돌담에서 떨어진 것도 꿈인가?

"너 괜찮아? 왜 그래?"

오토야가 손전등으로 발목을 비췄다. 어두웠지만 양말이 피로 붉게 물든 것이 보였다.

"미안해."

후타가 손을 싹싹 비비며 말했다.

"도오루, 아까 나 때문에 담에서 떨어진 거 기억나? 아마 그때 다친 거 같아. 엄청 큰 소리가 났거든."

오토야가 자세히 들여다보더니 "무너진 돌무더기에 부딪히면서 타박상과 찰과상을 입고 발목을 삔 것 같아" 하고 말했다.

"아야야야."

도오루는 하늘을 쳐다봤다. 말로 들으니 더 아프다. 욱신거리는 통증으로 심장 박동이 빨라져 구토를 느꼈지만 올려다본 가을 하늘은 가득한 별들로 무척 아름다웠다. 어느 틈엔가 비가 그치고 장막이 걷힌 것처럼 하늘이 개어 있다. 밝은 달이 보였다. 머리도 차츰 맑아져 현실로 돌아온 것 같다.

'꿈이었나?'

도오루가 중얼거렸다.

"나 지금 저택 안에서 할머니하고 얘기하고 있었어."

저택 유리창에서는 희미한 푸른빛이 새어 나오고 있지만 아무런 인기척도 느껴지지 않는다.

오토야는 걱정스러운 듯 물었다.

"머리를 부딪힌 것 같진 않은데. 어디 부딪혔어? 꿈꾼 거 아니야? 아주 잠깐이었지만."

"한순간의 꿈?"

"네가 담에서 떨어진 건 방금 전이야. 기절해 있던 것도 아주 짧았고. 넌 계속 여기서 우리하고 같이 있어서 저택에 들어갔을 리가 없다고. 그러니까 꿈이지."

"아, 꿈이구나."

도오루는 한숨을 쉬었다. 그렇다면 결국 다 꿈이고 환영이었던 말인가. 검은 옷을 입은 할머니와 이야기를 나눈 것도, 《하늘색 기사》를 읽으러 오라던 말도. 책을 건네받았던 순간도. 도오루는 마치 책을 안으려는 듯 두 손을 가슴께로 가져가보았다. 방금 전 할머니에게 건네받았던 그 감촉과 무게와 책 냄새까지도 기억하고 있는데 말이다. 악령이 아니냐고 했더니 어이없어하던 표정도, 책을 건넬 때의 쓸쓸한 미소까지 다 기억나는데 그게 모두 꿈이었다니.

후타가 갑자기 손뼉을 쳤다.

"맞아, 이상한 일이 있었어."

"이상한 일?"

"너 아까 정원이 아니라 벼랑 쪽으로 떨어질 것 같았거든. 근데 아슬아슬하게 이쪽 정원으로 떨어졌어. 마치 보이지 않는 손이 확 잡아챈 것처럼. 그 순간 이게 뭐지 하고 생각했어."

"어? 나도 그렇게 느꼈는데."

오토야도 고개를 크게 끄덕이며 말했다.

"정말 이상했어. 순간적으로 네가 벼랑으로 떨어져 죽겠다고 생각했는데 갑자기 이쪽으로 떨어졌거든."

후타도 팔짱을 낀 채로 연신 고개를 끄덕였다.

"난 귀신 같은 건 믿지 않지만 만약 내가 직접 경험한다면 믿을 수 있을 거라 생각해왔어. 직접 경험했으니 이제는 믿어야겠지?"

도오루는 자신을 손을 바라보았다. 누군가에게 양팔을 잡혀 끌어 당겨지던 감촉이 남아 있었다. 아주 강한 힘이었다.

구름이 걷히고 밝은 달빛이 비치는 저택은 젖은 지붕이 은빛으로 빛나며 밝고 아름다웠다. 차양에서 떨어지는 빗방울이 보석처럼 반짝인다.

창가에 얼핏 그림자가 비친 것은 도오루의 착각이었을까. 오토야 가 돌연 머리를 감싸 안았다.

"그건 그렇고 이 다리로는 자전거를 탈 수 없겠는걸. 이제 어떻게 마을로 돌아가지? 위험하지만 자전거 뒤에 태우고 가야 하나?"

후타가 태연하게 대답했다.

"번갈아서 뒤에 태우고 가자."

"아니야. 너희들 먼저 가."

도오루가 밝게 말했다.

"난 여기서 기다릴 테니까 어른을 데려오면 좋겠어. 당연히 좀 혼 나겠지만."

가령 문구점 마리노 누나라면 오토바이 면허도 있고 크고 멋진 스 쿠터도 있다. 혹시 목장 사람이라면 작은 트럭으로 와줄지 모른다. 그 러면 자전거도 실을 수 있고. 도오루는 이럴 때 도와줄 것 같은 어른 들을 떠올려보았다. 후타는 쓴웃음을 지으며 머리를 긁적였다.

"다 내 잘못이니 할 말 없지. 우정을 위해 한바탕 혼나는 것쯤이야."

요토야가 자신만만하게 말을 이었다.

"걱정 마. 나도 같이 혼나줄 테니. 우정을 위해."

그날 밤 근처 목장에서 일하는 젊은 아르바이트생은 이상한 경험을 했다. 초저녁부터 갑자기 소가 아프기 시작해서 마을에 있는 수의사를 모셔와 진찰을 받고 다시 마을에 모셔다 드리고 돌아오는 길이었다. 인적 없는 캄캄한 밤길을 드문드문 서 있는 가로등에 의지해 운전하면서, 예전에 목장 아르바이트 선배에게 들은 '악령이 깃든 저택' 근처를 지날 때였다.

"하필 그 생각이 날 게 뭐람."

대낮이라면 웃고 넘길 만한 괴담이라도 이렇게 어두운 산길을 혼자 가게 되니 등골이 오싹했다. 캄캄한 숲속이나 가로등 밑에서 악령이 자신을 보고 있을 것만 같았다. 빨리 지나쳐야겠다고 생각하고 가속페달을 밟으려 할 때였다. 저택으로 가는 길목, 가로등 불빛 아래 홀로 서 있는 할머니가 보였다. 검고 긴 옷을 입고 있는지, 얼굴과 손만 희끗해서 어둠 속에 둥둥 떠 있는 것처럼 보였다. 할머니는 손을 흔들며 마치 택시를 잡는 것처럼 도로 쪽으로 다가서려 했다.

"무슨 일이지?"

설마 이것이 소문으로만 듣던 악령일까? 지금 내 차를 세우려는 건가 하고 소름이 끼쳤지만 이내 그 생각이 틀렸음을 알았다. 전조등에 비친 할머니는 둥근 안경을 썼고 귀염성 있는 푸근한 인상이었다. 할머니 손에서 자란 그는 곤경에 처한 사람을 그냥 지나치지 못하는 성격이었다.

"이 시간에 산속에서 무슨 일일까? 어디가 편찮으신가?"

심상치 않은 일이 벌어진 게 분명했다. 하긴 많지는 않지만 이 근처에 사는 주민이 있다고 들었다. 이 할머니도 그중 한 사람인가? 그는 속도를 줄이고 반대 차선으로 들어가 할머니 곁에 차를 세우고는 "할머니, 무슨 일이세요?" 하고 운전석 문을 열었다. 하지만 방금 전까지 그곳에 있었던 할머니는 어디에도 보이지 않았다. 그는 에이 설마, 하며 차에서 내려 할머니를 불러보았다.

"할머니, 할머니. 도움이 필요하신 거 아니었어요?"

그러자 "여기요" 하고 저택 정원 쪽에서 사내아이 둘이 손을 크게 흔들며 달려왔다. 순간적으로 할머니의 가족이라고 생각했지만 전조등에 비친 얼굴을 보자 아는 얼굴들이었다. 그들은 이제 살았다는 듯 안도하는 표정을 짓고 있었다.

"친구가 다리를 다쳐서 마침 도움을 청하러 가려던 참이었어요."

"오후도 서점에 사는 도오루가 다쳤어요."

"그래? 큰일이구나, 어쩌다 다친 거니? 그리고 너희들이 왜 여기에 있는 거야?"

아이들이 작은 새가 지저귀듯 재잘재잘 설명하는 소리를 들으며 그는 비에 젖은 정원으로 향했다. 두리번두리번 주위를 살피면서.

"근데 아까 여기서 귀여운 인상의 할머니가 차를 세웠는데 어디 가셨니?"

아이들은 아무 말도 하지 못했다. 뭔가 복잡한 표정을 지으며 서로를 바라보다가 호텔에 묵고 있는 더벅머리 소년이 차분하게 입을 열었다.

"아마 귀신일 거예요. 이 저택에 사는."

또 한 소년도 고개를 끄덕이며 진지하게 말했다.

"저는 귀신 같은 건 믿지 않았는데요, 이 숲에는 진짜 귀신이 사는 것 같아요."

젊은이는 머리끝이 쭈뼛했다. 울고 싶은 심정으로 저택 쪽을 바라보니 비에 젖은 채 달빛에 빛나는 저택은 현실과는 동떨어진 모습으로, 그야말로 수상한 무언가가 깃들어 있는 듯한 기운이 느껴졌다.

그 후 아이들은 모르는 11월 어느 날 이야기.

어느 날 오후, 오후도 서점을 찾은 문구점 주인 사와모토 마리노는 그곳에 도오루가 없다는 것을 확인한 후 계산대에 있는 잇세이에게 다가가 물었다.

"도오루 다리는 괜찮아?"

"네, 모두 걱정해준 덕분에 생각보다 금방 나을 것 같아요. 의사 선생님 말씀으로는 골절은 아니라니까 발목 인대가 늘어난 것하고 상처만 아물면 괜찮을 거예요. 목발을 짚어야 하지만 벌써 학교에도 가요. 친구들이 책가방을 들어주러 오거든요."

잇세이가 부드럽게 웃었다. 그가 매일 아침 흐뭇한 눈길로 아이들을 배웅하는 모습이 눈에 선했다. 삼색 고양이 앨리스가 나와 계산대로 풀쩍 뛰어 올라왔다. 마리노는 꼬리를 치켜들고 자신에게 인사하는 앨리스를 쓰다듬으며 "그 얘기 어떻게 생각해?" 하고 물었다.

"그 얘기라니요?"

"핼러윈 밤에 숲속 유령 저택에는 아무도 없었을 텐데 도대체 어떻게 된 일일까? 도오루가 만났다는 수수께끼 할머니의 정체 말이야. 아니면 도오루가 꿈을 꾼 것이거나, 모험이 하고 싶어 안달하던 애들이 지어낸 망상일까?"

잇세이는 탐정 같은 표정을 지으며 팔짱을 꼈다.

"애초에 그 저택에는 악령 같은 건 없잖아요."

"맞아. 전부 지어낸 얘기인걸. 귀신이라니 말도 안 돼."

그날 밤 아이들은 목장 트럭을 타고 오후도 서점으로 돌아왔다. 마침 볼일이 있어 와 있던 마리노도 잇세이와 함께 아이들이 경험한 신비한 이야기를 듣게 되었고, 도대체 어떻게 된 일인지 계속 신경이 쓰였던 것이다. 무엇보다 그날 밤 저택에는 '수수께끼의 노파'가 있을 리 없었고 유령이 나왔을 리도 없었을 테니까. 아무리 핼러윈 밤이었다고 해도 말이다.

잇세이가 마리노에게 물었다.

"혹시 그날 밤 치노 선생님께서 입원해 계시던 병원을 나와 집으로 가셨던 게 아닐까요?"

"에이, 설마."

마리노는 웃으며 고개를 저었다.

"그날 밤에도 말했잖아. 바로 전날 내가 병문안을 갔었다고. 그날 선생님은 고열로 앓고 계셨어. 절대 병원을 빠져나올 수 없는 상태셨고, 설사 그렇다 쳐도 시내에 있는 병원에서 저택까지 선생님 혼자 가실 수도 없잖아."

치노 레이야라는 작가가 있다. 작풍은 아름답고 우아했으며, 기괴하고 탐미적이면서도 골격이 탄탄한 본격 추리소설을 쓰는 작가로, 미스터리 마니아들도 높이 평가했다. 수상 경력도 풍부한 데다 많은 작품이 드라마로 제작되어 하나같이 성공을 거두었다. 예전 같으면 고래 등 같은 집에 살았을 만큼 경제적으로 여유로운 작가이기도 했다.

그러나 앞에 나서는 타입은 아니었다. 사람들과 어울리려 하지도 않았다. 특히 추리소설 작가끼리는 사이가 좋은데 아무와도 교류하지 않았고, 소리 소문도 없이 간행된 책 외에 모습을 드러내는 일도 없었다.

말 많은 세상을 싫어한다고도 하고, 사람을 싫어한다고도 한다. 함께 일하는 출판사는 단 한 곳뿐으로, 그 출판사는 저자가 원하는 대로 작가에 대한 모든 것을 비밀에 부치고 절대 알리지 않는다. 그래서 그가 어디서 어떻게 살고 있는지 아는 사람이 없었다. 그런 작가였다.

사쿠라노마치 근처 숲에 있는 저택에 얼마 전 한 노부인이 이주해 왔다. 조용하게 살고 싶어서 마을 사람들과 거리를 두는 그녀가 바로 치노 레이야였다.

중병을 앓고 있어 요양을 겸해 이곳에서 살게 되었다고 한다. 자신이 이곳에 있다는 것을 아무에게도 알리고 싶지 않으며, 조용히 여생을 보내고 싶다는 그녀의 바람을 사쿠라노마치 사람들은 들어주고 싶었다.

오래전 자신들의 조상도 산골짜기에 숨어 살던 사람들이다. 쫓기던 사람들을 숨기고 지켜주는 일도 했다. 소란스런 세상과는 멀리 떨어진 곳이었기에 마을로 찾아온 사람을 보호하고 비밀을 지키는 것도 당연한 일이었다. 그러므로 노작가가 사는 숲속 저택에는 일부러 아무도 접근하지 않았고, 다만 병을 앓는 노인이 혼자 살고 있으니 멀리서나마 지켜보고 있었던 것이다.

문제는 마을에 사는 몇 안 되는 어린아이들과 젊은이들이었다. 비밀을 공유하기에는 너무 어렸다. 그렇다고 마냥 숨기거나 둘러댈 수도 없었고, 막무가내로 가지 말라고 했다가는 오히려 호기심을 자극할 수 있었다. 그래서 언제부터인지 괴담을 떠올리게 되었다. 그 집에 악령이 산다는 조금 진부한 괴담으로, 하지만 점점 재미를 붙인 어른들이 늘어나면서 지어낸 괴담이 차츰 가지를 뻗게 되었고, 진짜처럼 생생하게 꾸며졌다. 마리노는 오히려 아이들이나 젊은이들의 호기심을 부추기지 않을까 우려했다.

치노 레이야는 마리노를 마음에 들어했다. 작가라는 직업상 마리노의 문구점을 이용해야 했고, 나이 차이는 나지만 같은 이주민인 데다 프리랜서 여성으로서 닮은 꼴이기 때문이었다. 마리노 역시 도시에서 이주해 왔고 본업은 어느 정도 알려진 염색가였다.

첫 만남은 숲속에서였다. 스쿠터를 타고 가끔 멀리까지 드라이브를 하던 마리노는 어느 날 숲속 저택 근처에서 웅크리고 있는 노인을 발견했다. 열이 많이 나는 데다 보기에도 몹시 아파 보이는 그녀는 집이 가까우니 자신을 그냥 내버려두라고 했지만 그런 상태인 노인을 모른 체할 수 없어 저택까지 안고 갔다. 마리노는 오지랖이 넓고 친절한 사람이다. 덧붙이자면 굉장한 책벌레였다.

저택에 사는 노부인은 마을 사람들 사이에서 유명한 치노 레이야였고, 그녀가 숲에 살게 된 지 얼마 지나지 않았을 무렵이었다. 저택에 노인을 안고 들어가 침대에 눕히고 얼음주머니를 만들어 정성껏 간병하다가 선생님의 작품을 좋아한다는 둥 신간이 재미있었다는 둥 생각나는 대로 떠들고 말았다. 아부가 아니라 진심으로 그녀의 작품을 좋아해서 모든 작품을 다 읽었고 그 재능을 정말로 존경하고 있었다.

치노 레이야는 당시에는 성가신 기색을 드러냈으나 이후 어째서인지 마리노의 문구점에 얼굴을 비치기 시작했다. 일부러 택시를 불러 찾아오곤 했다. 딱히 대화를 나누는 것도 아니었는데 행복한 듯 필요한 물건을 이것저것 사서 돌아갔다.

치노는 오후도 서점에도 들르기 시작했다. 작가이니 당연히 서점에 볼일이 있었을 테고 서점 앞에 우체통도 있으니 겸사겸사 왔으리라. 그러던 중 잇세이가 오후도 서점을 맡아 운영하게 되면서 마리노는 잇세이에게 그 손님의 정체에 대해 일러주었다. 잇세이는 당연히 치노 레이야의 책을 읽은 적이 있어서 수수께끼의 작가가 서점에 들른다는 사실에 깜짝 놀랐다. 그 역시 치노를 지키는 일원이 된 것은 마을 사람으로서, 서점인으로서 당연한 일이었다.

치노 레이야는 아직도 원고지에 작품을 쓰는 작가로, 때때로 마리노의 문구점에서 대량의 원고지와 잉크를 한꺼번에 구입하곤 했다. 오후도 서점에도 대량의 책을 주문하는 일이 있어 (오후도 서점의 주인과 츠키하라 잇세이가 마음에 들었던 모양이다) 짐이 많을 때는 마리노가 스쿠터로 저택까지 배달하기도 했다.

마리노는 그때마다 치노가 고맙다며 내온 다과와 함께 이야기를 나누는 시간이 좋았고 아마 치노도 같은 마음이었던 것 같다. 열대어를 돌보거나 방에 가득한 책에 대해 이야기를 나누면서 즐거운 시간을 보냈고, 그렇게 마리노는 치노 레이야라는 작가를 조금씩 알아가게 되었다. 평소에 상복처럼 검은 옷을 입고 있는 이유도. 처음에는 검은색이 좋아서, 혹은 잘 어울리니까 입는다고 했다. 하지만 그게 아니라는 것을 이제 마리노도 알게 되었다.

치노 레이야는 본명이 아니었다. 예전에는 작은 시골 마을 도서관에서 사서로 일하며 아이를 키우는 행복한 엄마였다. 하지만 불의의 사고로 아이를 잃고는 사이가 좋았던 남편은 불돈 식상 통료들과도 거리를 두게 되었고 모든 게 엉망이 되어버리는 바람에 이혼 후 혼자 도시로 떠났다.

책을 좋아하고 착하고 똑똑한 소년이었다던 아이는 친구들과 앞마당에서 놀던 중에 낡은 담벼락에 올라갔다가 떨어져 하늘나라로 갔다고 한다. 집에서 일어난 사고였다.

"그렇게 높지 않은, 아이도 올라갈 수 있는 낮은 담이었는데."

치노와 남편 그리고 함께 살던 시부모는 스스로를 원망하고 상대를 원망하게 되었고 가정은 무너져버렸다. 치노는 아이의 위패를 품은 채 태어나 자란 마을을 떠났다. 학창 시절에 몇 년간 도시에서 생활하면서 알고 지내던 지인에게 의지해 햇볕도 들지 않는 작은 방을 얻었다.

죽고 싶었지만 만약 자신이 죽는다면 자신이 품고 있는 아이의 추억마저 이 세상에서 사라져버릴 것만 같아 그럴 수 없었다. 그러나 살아 있으니 배가 고팠고 입을 옷과 몸을 누일 곳도 필요했다. 자신과 아이의 추억이 이 세상에 존재하려면 돈이 필요하다고 생각했다. 도서관 사서 자격이 있었지만 일자리가 없어 서점과 헌책방에서 책과 관련된 아르바이트를 이어가며 일이 끝나면 아침까지 카페에서 동화를 썼다.

원래는 그녀도 사람들과 어울리는 것을 좋아했다. 고향 마을에서는 친구도 많았다. 하지만 아이가 죽자 누군가와 이야기를 나누는 것이 너무 버거웠다.

일을 마치고 나면 아무와도 어울리고 싶지 않았음에도 도시에서의 삶은 외로웠고, 불이 켜진 밝은 곳에 있고 싶었다. 홀로 차가운 방으로 돌아가고 싶지 않았다. 누군가가 밝혀놓은 불빛 아래, 떠들썩한 카페에서 그녀는 혼자 조금씩 동화를 써내려갔다. 동화 속 세상만이 그녀의 마지막 요새이고 친구였다. 모든 것을 잃은 그녀에게 남은, 변치 않는 단 하나의 친구였다.

아이가 그녀가 지은 이야기를 좋아했다는 꿈같은 추억도 있었다. 잠들기 전 이야기를 들려주며 키운 아이였다. 더 이상 이야기를 들을 수 없게 된 아이, 아무것도 해줄 수 없게 된 아이에게 들려주는 심정으로 동화를 썼다.

원고지에 써내려간 동화를 우연히 읽게 된 카페 아르바이트 청년이 무척 재미있다고 칭찬해주었다. 단골손님 중에는 아동서 전문 출판사의 편집자가 있었고 그 역시 작품을 마음에 들어하며 멋진 책으로 만들어주었다. 바로 《하늘색 기사》, 그녀가 아이들을 위해 쓴 단 한 권의 책이었다.

그때까지만 해도 본명으로 책을 냈다. 책이 서점에 진열되고 화제가 되었을 때는 무척 기뻤다. 당시는 아동서가 많았고, 서점도 활기가 있고 책이 잘 팔리던 시절이었다. 하지만 그녀는 전업 작가가 될 생각은 없었기 때문에 여전히 도서관 사서 일자리를 알아보고 있었다. 편집자와 카페 청년이 다른 이야기도 써보라고 권유했고 마침 예전부터 좋아해서 자주 읽던 추리소설을 써보기로 했다. 카페를 무대로 아르바이트생과 편집자가 수수께끼를 풀어가는 가볍고 편안한 미스터리였다. 주인공을 두 사람으로 설정한 이유는 고마운 마음과 장난기가 반반이었다.

하지만 소설을 쓰면서 점점 몰입하게 되더니 이윽고 추리소설에 대한 그녀의 진심이 담긴 혼신의 걸작이 탄생했다. 그것은 자신의 인생을 이렇게 만든 절대적 존재에게 쓴 편지 같은 작품이었다. 원망과 사랑을 모두 쏟아부은 편지였다.

완성한 작품을 두고 편집자와 청년이 절찬하는 바람에 복권을 사는 기분으로 추리소설 신인상 부문에 투고해보았다. 필명은 치노 레이야로 했다. 치노는 그 무렵 살고 있던 동네 이름이었고, 레이야는 아들의 이름이었다. 작품은 대상을 수상했고, 그 후 추리소설 작가로 살게 되었던 것이다. 세월이 흘러 그 상은 더 이상 존재하지 않는다. 출판사와의 인연도 끊겼다.

"지금은 그 동화책을 내준 출판사도 없어지고 카페도 사라졌지. 동네 이름도 바뀌었고. 얼마 전 오랜만에 가보았더니 재개발되어 전혀 다른 동네가 되어버렸더군."

저택에서 치노가 마리노에게 말했다.

"그 편집자는 회사를 옮겨 추리소설을 출간하는 출판사에 근무하게 되었어. 지금까지 줄곧 내 작품을 담당하고 있는 편집자야. 카페 아르바이트생이던 청년과도 계속 연락을 주고받고 있어. 지금은 카페를 운영하며 멋지게 사는 두 아이의 아빠야. 아이들 사진도 자주 보내주는데 얼마나 귀여운지 몰라. 이 두 사람이 다일 거야, 작가가 된 후에도 친구로 지내는 이들은."

그녀는 수상을 계기로 전업 작가의 길을 걷게 되었지만 첫 책으로 주목받아 베스트셀러 작가가 되었기 때문에 사는 세상이 갑자기 달라졌고 사람을 어떻게 대해야 할지 몰랐다. 혼란과 두려움에 모든 것을 출판사와 담당 편집자에게 맡기고 세상으로부터 숨기로 했다. 사람들과 거리를 둔 채 검은 옷을 입고 혼자 사는 노파는 그렇게 탄생했다.

"사실은 말이지, 작은 시골 마을에서 사서로 일하면서 평범한 엄마로 행복하게 살고 싶었어. 베스트셀러 같은 건 안중에도 없었지. 돈도 명예도 필요 없었어. 가족과 마을 사람들과 함께 사랑하고 사랑받고 그렇게 살고 싶었으니까. 도서관에서는 핼러윈이나 크리스마스처럼 때마다 분위기를 바꿔가며 정성껏 고른 책과 함께 아이들을 기다리고 싶었어. 어서 와라, 재미있는 책이 많이 있단다, 하면서."

아이들 곁에, 그 무리 안에 함께 있고 싶었다고. 눈시울이 붉어진 그녀에게 마리노가 말했다.

"그럼 제가 세번째 친구로 입후보해도 되나요?"

한쪽 손을 장난스럽게 치켜들었다. 치노는 그저 웃었다. 그 이후 마리노의 문구점과 오후도 서점에 자주 들르게 되었고, 마리노가 저택에서 차를 마시는 일도 잦아졌다.

마리노는 치노가 마을 사람들에게 차츰 마음을 열 것이라고 믿었다. 문구점과 오후도 서점 말고도 이웃 상점에서 물건을 사거나, 몸 상태가 좋을 때는 사쿠라노마치까지 산책을 나오는 모습도 종종 눈에 띄었다.

어느 날 합동 사인회가 있다는 이야기를 어디선가 들었는지 치노는 조금 섭섭한 듯 말했다.

"나도 끼워주지, 그러면 손님도 많이 올 텐데. 화려한 행사가 됐을 거 아냐?"

"그야 그렇지만, 그러면 안 되잖아요. 선생님은 복면 작가신데 사쿠라노마치에 계시다는 게 알려지면 곤란하잖아요."

마리노가 웃자 치노는 조금 뾰로통한 얼굴이 되었다. 마리노는 그 모습이 귀엽다고 생각했다.

"선생님, 걱정하지 마세요. 인기 작가가 둘씩이나 이 마을에 오신다니까 손님도 많이 오실 거라네요."

"내가 참가하면 좀 더 북적였을 거라고. 자존심 상해서 하는 소리가 아니라 마을에 신세를 많이 졌으니 나도 마을을 위해 뭐라도 해줄 수 있는 기회라고 생각해서 그래."

그렇게 말하고는 한숨을 쉬었다.

이 말을 잇세이에게 전했더니 그도 밝게 웃으며 말했다.

"다음 합동 사인회 때는 선생님도 꼭 모셔야겠어요."

머지않아 그런 날이 올 거라는 생각에 마리노는 기대에 부풀었다. 그날이 오면 치노가 꿈꿔왔던 대로 마을 사람들과 친근하게 이야기를 나누고 책을 좋아하는 아이들과도 즐겁게 이야기를 나눌 수 있지 않을까.

어제 마리노는 도시의 큰 병원에 입원해 있는 치노 레이야를 찾아갔다. 출판사에서 도착한 업무 관련 서류를 가져다줄 겸 병문안을 간 것이다. 안색이 많이 좋아져 곧 퇴원할 수 있을 것 같았다. 안 그래도 일이 많이 밀려서 퇴원하지 않으면 안 된다고 하셨다.

"핼러윈 밤에 멋진 꿈을 꿨어."

하고 치노는 즐거운 듯 이야기를 꺼냈다.

"우리 집 정원에 아이들이 놀러 온 거야. 내가 담벼락에서 떨어지려는 아이를 구했어. 집 안에서 이야기도 나누었고. 그 아이는 내가 쓴 동화를 좋아한다고 했어. 너무 기뻐서 언제든 놀러 오라고 했지. 참 귀여운 아이였어. 우리 아들과 닮았고. 그 후에 아이가 돌아가야 해서 도로에 나가 트럭을 잡았어. 내가 검은 옷을 입고 있으니 귀신처럼 보였나 봐. 짓궂은 마음에 살짝 재밌더라고. 하지만 그것도 꿈이었지. 공포영화처럼 재밌었는데."

'정말 꿈이었을까?'

마리노는 생각했다.

어쩌면 핼러윈 밤, 아이들이 찾아왔다는 걸 신비한 힘으로 감지한 치노의 영혼이 육체를 빠져나와 저택으로 갔던 게 아닐까. 고향 마을 도서관에서 일하던 시절에 그랬던 것처럼 그녀는 책이 가득한 방에서 현관에 누군가가 찾아와줄 날을 기다리고 있던 것 같았다. 치노는 이번에야말로 아이를 지켜냈다. 담장에서 떨어지려는 아이를 이번에는 살릴 수 있었던 것이다.

'그 아이는 줄곧 찾아 헤매던 책과 만났으니 굉장한 기적이야.'

마녀와 유령이 활보하는 핼러윈 밤. 그런 밤에는 마법의 힘이 작용해도 좋을 것만 같았다. 비밀스러운 소원이 이루어지는 기적이 일어나도 좋지 않은가. 활자 중독자인 마리노의 꿈이자 망상일 수도 있지만, 공포소설에 나올 법한 이야기라고 생각했다.

"치노 선생님께 사인본을 부탁해도 될까요?"

잇세이가 갑자기 생각난 듯 웃으며 말했다.

"사인 용지에도 해달라고 졸라봐야지."

"아주 좋아하실걸."

마리노는 단언했다.

"나중에 가게로 사인 용지나 사러 오라고."

2

여름, 길 잃은 아이

"아차."

사쿠라노마치에서 조금 멀리 떨어진, 한여름의 산길. 노을이 연한 황금빛으로 물들며 해가 저물어가는 하늘 아래, 야나기타 로쿠로타는 땀이 흥건한 이마를 손등으로 치더니 마치 배우라도 된 양 절망스러운 표정으로 고개를 연신 좌우로 흔들며 중얼거렸다.

"이거 낭패로군. 어쩐지 길을 잃은 것 같아. 이런 산속에서 혼자 어떡하지. 잇세이 녀석이 이 산에는 곰이 나온다고 했는데. 너구리와 여우까지 온갖 산짐승이 나오는 곳에서 길을 잃다니 좀 불안한걸. 이럴 때 어울리는 대사가 있지. 그야말로 '하늘이 우리를 버렸단 말인가' 하고 소리치고 싶은 기분이네. 하긴 여름이라 눈도 안 오고, 게다가 나 혼자고."

아무도 없는데 혼자서도 과장된 연기를 할 수 있는 곳이 긴가도 서점 점장인 그의 성격이다.

"《핫코다산》(1902년 일본 육군 중대가 핫코다산에서 조난당해 210명 중 199명이 동사한 사건으로 소설과 영화로도 제작되었다—옮긴이) 같은 소설은 요즘 애들한테는 안 통하겠지?"

하고 자신이 내뱉은 대사에 주절주절 토를 달며 야나기타는 푸르게 우거진 숲과 수풀 속에서 잃어버린 등산로를 찾아 두리번거렸다.

"도대체 어디로 가야 길이 나오는 거야?"

갑자기 목을 내려친 것은 모기에게 물렸기 때문이다. 곰과 산짐승도 두렵지만 여름 산에는 모기까지 있다는 사실에 야나기타는 풀이 죽었다. 얼른 모기가 없는 곳으로 가고 싶었다. 일단 아랫마을로 가는 버스 정류장을 찾아야 한다. 야나기타는 사쿠라노마치 마을에서 가깝다는 정류장을 찾아 지금 몇 시간째 산길을 헤매고 있는 것일까. 서점 일과 골프로 체력이 단련되어 있었고, 다행히 지대가 높아서 그리 덥지도 않았다.

사실 그는 어릴 때 바다 근처에서 살았지만 야산을 헤집고 다니며 자란 덕에 자연 속에서 길을 헤매는 것쯤이야 아무것도 아니었다. 하지만 중년에 미아가 되다니 좀 한심하긴 했다. 오히려 정신적인 충격이 더 컸다.

아까부터 몇 번이나 스마트폰을 꺼내 잇세이에게 도움을 청하려다 부끄러운 마음에 그만두었다. 그러다가 스마트폰의 통신 서비스 지역을 벗어나고 말았다. 그야말로 외딴섬에 뚝 떨어진 외톨이 신세가 되어버린 것이다. 혹시 이게 조난 직전 상황일까? 아니면 이미 조난을 당한 상태인 건가? 낭패다 싶어 한숨을 쉬었다. 집에서 고양이들과 함께 귀가를 기다릴 아내의 어이없어하는 얼굴이 떠오르기도 했다.

"잇세이가 버스 정류장까지 배웅하겠다고 할 때 바빠 보이기에 여유 부려가며 사양한 게 한이군. 연장자의 자존심이랄까, 손을 번쩍 치켜들며 멋지게 서점을 나선 것까진 좋았는데 이게 뭐람."

일하느라 바쁜 잇세이에게 도중에 앞치마를 벗게 할 수는 없었다. 바쁘게 일하는 모습을 생각하니 흐뭇한 웃음이 절로 나왔다.

8월 하순, 여름방학을 맞아 오후도 서점은 아이들로 북적이고 있었고 힘찬 발걸음 소리와 즐겁게 재잘거리는 소리로 가득했다. 인구가 현저히 줄어든 산골짜기 작은 마을은 아이들도 많이 줄어든 모양이다. 그런 아이들이 모이는, 모이고 싶어하는 얼마 안 되는 장소 중하나가 오후도 서점일 것이다. 아이들이 서점에 있으니 활짝 핀 꽃처럼 매장이 밝아졌다.

오후도 서점에는 책뿐 아니라 지역 명물인 시원한 레모네이드와 우유, 아이스크림(이건 어릴 때 먹던 사각 아이스바다. 야나기타는 반가운 나머지 서점에 머무는 동안 한꺼번에 세 개나 먹어버렸다. 바닐라 맛, 초콜릿 맛, 딸기 맛이 있다면 다 먹어보고 싶은 건 당연지사. 이럴 때가 아니면 언제 돈을 펑펑 쓰겠는가)도 판매하고 있어서 손에 아이스바를 든 아이들은 만화책이나 문고본을 안고 잇세이가 웃는 얼굴로. 맞이하는 계산대 앞에 줄을 섰다.

"네, 감사합니다, 손님. 아 참, 아이스크림은 밖에서 먹어야 하는 거 알지?"

"네에."

"자, 여기 있어."

아이들은 격자창이 나 있는 서점 문을 열고 시원한 에어컨 바람이 나오는 서점에서 햇살이 쏟아지는 밖으로 뛰어나가더니 서점 앞에 있는 한 장소로 몰려간다. 그곳에는 손으로 만든 오래된 나무 벤치 위로 서점을 가지런히 둘러싼 나무들이 그늘을 만들어놓았다. 시원한 바람이 지나는 길목이다. 아이들은 참새 떼처럼 옹기종기 벤치에 앉아 재잘대거나 아웅다웅하며 구입한 책을 바꿔 읽기도 한다.

계산대에서 아이들과 마주하는 잇세이의 밝은 표정과 가끔씩 창밖 벤치 쪽을 바라보는 따뜻한 눈빛에 야나기타는 눈을 깜박이며 한숨을 쉬고 있었다.

'이런 표정도 지을 수 있는 녀석이었다니.'

야나기타가 점장으로 있는 가자하야의 긴가도 서점에서 일하던 때와는 전혀 다른 사람으로 보였다. 당시에도 아주 무뚝뚝한 편은 아니어서 필요할 때는 고객과 서점 직원들에게도 신경 쓰며 미소 짓기는 했지만.

'지금처럼 행복해 보이지는 않았어.'

잘생긴 얼굴이라 어딘가 차가워 보이는 조각상 같은 표정이라는 느낌도 있었다. 생기가 넘쳐흐르는 지금의 잇세이는 살아 있는 사람이라는 걸 깨달으면서, 한편으로는 지금 무슨 생각을 하는 건가 싶어 씁쓸하게 웃었다.

귀성객처럼 보이는 가족도 즐거운 듯 서점 안을 둘러보고 있었다. 책을 좋아하는 대학생으로 보이는 청년도 있었는데 어떤 책에 붙어 있는 POP(구매시점광고. 소비자가 상품을 직접 사는 곳에서 이루어지는 광고 형식으로 포스터, 디스플레이류 등 가게 안팎의 모든 광고물을 이른다―옮긴이)를 보자 "와우!" 하고 소리를 질렀다.

"요즘 화제인《4월의 물고기》죠? 인터넷으로 POP를 봤어요. 오후도 서점이라면 제 고향에 있는, 어릴 때 자주 갔던 그 서점일지 모른다고 생각했는데 역시 맞았군요."

그는 촉촉해진 눈으로 POP를 찍어도 되냐고 물었다. 잇세이가 웃는 얼굴로 허락하자 젊은이는 들고 있던 스마트폰으로 POP를 여러 각도로 촬영하고는, 계산대에 있는 잇세이의 사진을 찍어도 되냐고 눈을 반짝이며 물었다.

"그것만은 제발요, 쑥스러워요" 하고 뒷걸음질치듯이 거절하자, "아, 이럴 수가!" 하고 과장된 몸짓으로 하늘을 쳐다보는 시늉을 하더니 이내 어린아이같이 천진한 미소로 잇세이를 바라보았다.

"제가요, 어릴 때부터 이 서점을 엄청나게 좋아했거든요. 오래된 시골 서점이지만 엄청 좋아했어요. 주인 할아버지도 저를 예뻐해주셨는데. 제가 좋아하는 책을 항상 갖다놓으시고, 원하는 신간도 항상 있었고요, 마법사 같았어요. 이 서점 때문에 제가 서점을 좋아하게 됐거든요. 대학에 다니느라 도쿄에 살고 있지만 아직도 서점을 좋아해요. 《4월의 물고기》가 어떻게 알려지게 된 건지 알고 진짜 감동했어요. 잇세이 씨도 존경하고요. 어릴 때 추억이 가득한 이 서점에 잇세이 씨처럼 카리스마 서점인이 와 계시고, 온라인에서 화제가 되어서 엄청 기쁘고 영광이에요."

"아이고, 제가 뭘요."

잇세이는 잠시 할 말을 찾으려는 듯 생각에 잠기더니 이윽고 입을 열었다.

"만약 카리스마 서점인이라는 말이 세상에서 쓰는 의미의 칭찬이라면, 그렇게 생각해주셔서 물론 기쁘지만 저는 그런 명칭과는 안 어울려요. 이번 일도 그저 좋은 사람들과 좋은 인연으로 그렇게 된 거고요. 《4월의 물고기》가 잘 팔리고 화제가 된 것은 무엇보다 책의 힘이었어요."

"그렇게 겸손하실 것까지야."

청년은 말갛게 웃었다. 잇세이도 난처한 듯 웃으며 조용히 말을 이었다.

"진짜 카리스마 서점인은 이 오후도 서점 주인이시죠. 저는 진심으로 그분을 존경해요."

"네?"

청년은 이상하다는 듯 큰소리로 되물었다.

"이런 시골 마을 책방 주인이 카리스마 서점인이라고요?"

"카리스마 서점인, 그러니까 좋은 서점인이란 규모나 장소와는 상관없이 세상 어디에든 있다고 생각해요. 아까 어릴 때 항상 이 서점에서 원하는 책을 살 수 있었다고 말씀하셨잖아요? 사고 싶은 신간이 항상 있었다고."

"맞아요. 마법 같았죠."

"그 마법은, 고객을 생각하는 주인이 부린 마법이었을 거예요. 서점에 오는 누군가는 이 책을 좋아하겠구나, 이번 신간은 누군가가 좋아하겠구나, 그러니 발주해서 평대에 진열해두자. 그러고는 아아, 역시 기뻐하는구나 다행이다, 하는 일이 매번 반복되었던 거죠."

"……"

"항상 손님들을 위해 책들이 준비되어 있었던 거죠. 이 서점 마법사의 손으로요. 그리고 그렇게 손님의 얼굴을 떠올리며 신간을 발주하고 진열하는 좋은 서점인은 세상에 아주 많아요. 예를 들어 길모퉁이 오래된 서점이나 전철역에 있는 작은 서점, 쇼핑센터 한편에 자리한 서점에도요. 화제성도 없고 뉴스가 될 만한 일도 없지만요."

젊은이는 무언가 깨달았는지 잇세이의 말을 듣고 수긍한 듯 웃어 보이고는 손을 내밀며 악수를 청했다.

"감사합니다. 책을 좋아하고 서점을 좋아하는 한 사람으로서 지금 하신 말씀은 절대 잊지 않을게요."

잇세이가 쑥스럽게 웃었다. 야나기타도 빙그레 웃으며 그 모습을 지켜보았다. 《4월의 물고기》가 이렇게 베스트셀러가 되고 언젠가는 스테디셀러가 되는 그 흐름을 마음으로나마 가까이 지켜볼 수 있어서 감사했다. 잇세이가 긴가도 서점을 떠나야 했을 때 아무것도 해줄 수 없었기 때문에 그때를 떠올리면 스스로가 한심해 입안이 씁쓸했지만, 그 봄을 지나 지금 이 순간이 있음에 진심으로 감사했다.

아이와 함께 온 엄마가 그 모습을 보더니 POP를 들여다보고는 고개를 끄덕이며 《4월의 물고기》 사인본을 집어 들었다. 그러고는 아이와 이야기를 주고받으며 계산대에 줄을 섰다. 드르륵하고 가게 문이 열리고 이번에는 중학생 정도로 보이는 아이들이 해맑은 얼굴을 내밀었다.

"어서 오세요."

잇세이가 여름 하늘처럼 환하게 웃는 모습을 보던 야나기타는 마치 부모라도 된 것 같은 기분이 들었는지 팔짱을 낀 채 연신 고개를 끄덕였다.

그러나 지금 야나기타는 홀로 산길을 헤매고 있다.

"손님이 몰려와서 녀석이 싱글벙글 웃고 있는데, 일하다 말고 문까지 닫고 다 큰 어른이 버스 타는 데까지 데려다달라고 할 수 있겠어?"

잇세이는 가까우니 상관없다고 웃었지만.

"거의 혼자서 서점을 봐야 해서 이럴 때 문 앞에 거는 나무 표찰이 있어요. 외출 중이라고 쓰여 있는 걸 걸어두면 괜찮아요."

"자네는 괜찮을지 모르겠지만 난 안 괜찮다고."

계속 행복한 얼굴로 손님들을 맞이하기를 바랐다. 즐겁고 흐뭇한 미소를 띤 채 시간이 나면 서가도 정리하고 가볍게 청소도 하면서.

'나 같은 사람 때문에 시간을 낭비하면 안 되지. 그냥 보고 싶어 간 거니까.'

사전에 연락도 없이 느닷없이 찾아갔던 것이다. 자신도 서점 일로 바빠서 미리 연락할 새도 없었거니와 구태여 연락해 부담을 주기 싫었고 쑥스럽기도 했다. 지나다 들른 것처럼 불쑥 찾아가 얼굴만 보고 잘 지내는지만 알면 그만이었다. 연락 없이 찾아오는 출판사 영업 담당에게는 툴툴대면서 자신도 같은 짓을 했구나 싶어 헛웃음이 나왔다.

굳이 말하지 않아도 야나기타에게 잇세이는 살아 있는 판타지, 멋진 기적의 상징 같은 존재였다. 착하고 바르게 살다 보면 사람은 이렇게 행복해질 수도 있고 사랑받을 수도 있다는 증명 같았다.

야나기타는 지금껏 신의 존재를 믿지 않았다. 물론 한 해의 마지막 날에는 제야의 종소리를 듣고 새해가 되면 신사에 참배도 하러 가고, 크리스마스에는 맛있는 케이크와 칠면조 구이도 먹지만 말이다. 하지만 딱 거기까지였다. 무신론자냐고 물으면 그렇다고 대답할지 모른다. 그런 그에게 어쩌면 인류를 지켜주는 존재가 있을지도 모른다는 생각이 들게 하고, 그러기를 바라게 만든 계기는 《4월의 물고기》를 둘러싼 일련의 사건이었다.

아름다운 산골의 오래된 서점에서 행복하게 일하고 있는 잇세이를 보면 야나기타는 시인이 살고 있는 세상이 각박한 세상이 아니라 무릇 아름다운 동화 속 세상이었다는 생각이 들어 안도하게 된다. 어쩌면 안도감을 느끼고 싶어 가끔 사쿠라노마치에 오는 건지도 몰랐다. 업무에 지치고 서점업계에 밝은 미래가 보이지 않아 속이 상할 때 기적이 있다는 확신을 갖고 싶어 오는 건지도 몰랐다.

《4월의 물고기》의 대성공은 신과 같은 존재가 만들어낸 (것이라고 여겨지는) 것이고, 동시에 야나기타를 비롯한 긴가도 서점 식구들과 서점을 진심으로 사랑하는 전국의 서점인들이 일으킨, 사람의 손으로 만들어낸 기적이기도 했다. 자신 또한 그 기적에 소소하게나마 일조했다는 사실이 자랑스럽고, 기적은 얼마든지 일어난다는 희망을 품을 수 있는 계기가 되었다.

출판업계가 아무리 정체되어 있고 세계 정세가 불안해도 분명 어딘가에 기적의 싹이 잠들어 있어, 언젠가 그것을 찾게 되면 자신은 그 작은 싹을 지키고 키워내는 일에 힘을 쏟겠다는 다짐이 지금의 야나기타에게 무엇보다 힘이 되었다.

하지만 지금 상황은 막막하다. 해가 저물자 하늘에는 어둠이 번지고 있었다. 반짝이는 별이 하나둘 모습을 드러냈다. 오늘 밤은 아무래도 노숙을 각오해야 할 것 같다. 날씨가 좋으니 얼어 죽지는 않겠지만 모기에 물리는 건 끔찍하다. 배도 고파질 텐데. 사쿠라노마치에서 요깃거리라도 사 올걸 그랬다고 후회한다. 단것을 좋아하는 아내에게 치즈 케이크를 택배로 보내면서 자신이 먹을 쿠키라도 샀으면 이럴 때 얼마나 맛있게 먹었을까 하며 이제 와 후회가 밀려온다.

"갈 때 헤매지 않고 잘 도착했으니 돌아오는 길도 문제없다고 너무 쉽게 생각했어."

산길에는 익숙하다고 자신한 탓도 있다.

어릴 때 자란 곳은 간토 지방의 작은 어촌 마을. 바다와 바다를 빙 두른 야산 사이에 있는 마을이었다. 아이들은 바다에서 헤엄치고 산에서 놀았다. 야나기타도 산에 자주 갔었다. 장수하늘소를 잡거나 산딸기와 으름을 따 먹었다. 친구와 비밀 기지를 만들거나 버려진 성인 잡지를 발견하곤 호기심에 시시덕거리며 펼쳐보기도 했다. 산에서는 즐거운 기억만 있어서 산길을 너무 얕잡아본 것이었다.

"그러고 보니 고향에 있는 산은 여기보다 훨씬 작았는데 그런 산에서도 나물을 캐는 어르신들이 자주 길을 잃거나 행방불명이 되기도 했지."

그 무렵 사촌 누나가 한 말이 문득 떠올랐다.

"산에서 길을 잃으면 당황하지 말고 일단 침착해야 해."

다섯 살 많은 미호 누나는 할머니 댁에서 살았는데 야나기타를 친동생처럼 귀여워했다. 누나는 조금 복잡한 가정환경에서 자랐는데 엄마가 돌아가시고 아빠는 도시로 나간 뒤 돌아오지 않았다. 그렇게 할머니와 둘이 살았다. 할머니는 누나를 예뻐했지만, 누나를 생각하면 가장 먼저 떠오르는 것은 방에 앉아 황토벽에 책을 가득 쌓아둔 채 오래된 스탠드를 켜놓고 쓸쓸하게 만화를 읽던 모습이었다. 할머니는 누나가 안쓰러웠는지 채소를 키워 내다 팔거나 파래를 따서 번 몇 푼 안 되는 돈을 모두 용돈으로 주었고, 누나는 그 돈으로 책꽂이를 사고 책을 사서 꽂았다.

무서운 이야기를 좋아했던 누나는 방에 수많은 공포만화나 괴담집, 심령 사진집과 예언서를 쌓아두었고, 거기에서 얻은 지식이라며 야나기타에게 알려주었다.

당시 누나는 고등학생 정도였을까? 아직 초등학생이었던 야나기타에게 어둑한 다다미방에서 사뭇 엄숙하게 말했다. 쌍꺼풀 없는 긴 눈으로 갑자기 뚫어지게 쳐다보면서. 하얀 세일러 교복에 흘러내린 검고 긴 머리카락이 아름답고 신비롭게 보였다.

"있잖아, 산에서 길을 잃으면 절대 당황하지 말아야 해. 함부로 움직이면 안 된다고. 사람들은 그럴 때 무조건 아래로 내려가려 하거든. 하지만 길을 잃은 상태에서 아래로 내려갔다가 자칫 골짜기에 빠지기라도 하면 혼자 힘으로는 올라오지 못하게 되거나 덤불 속에 가려진 벼랑으로 떨어질 수 있어. 아무도 없는 곳에서 다치기라도 하면 옴짝달싹도 못 하게 되는 거야. 발목을 삔 것만으로도 산에서는 목숨이 위험해."

"그럼 어떻게 해야 하는데?"

누나는 검지로 천장을 가리켰다.

"침착하게 위를 향해 가는 거야. 높은 곳으로 올라가면 자신의 위치를 알 수 있으니까. 거기에서 돌아갈 길을 찾아보면 된다고. 산에 관한 괴담 책에 쓰어 있었어."

"알았어. 기억해둘게."

그 무렵 야나기타는 누나를 존경하고 있었기 때문에, 아니 거의 추앙하고 있었기에, 신성한 맹세라도 하는 듯 힘주어 고개를 끄덕였다.

누나의 방을 가득 채우고 있던 공포만화와 괴담을 읽은 경험이 훗날 야나기타가 책을 좋아하게 되는 계기가 되었다. 아마 자녀가 책을 좋아하게 만들고 싶다면 시작은 어떤 책이든 상관없다고 생각한다. 재미만 있다면.

어릴 때 무서운 이야기를 듣고는 밤에 화장실도 못 가거나 노스트라다무스가 예언한 대로 인류는 1999년에 멸망한다며 두려움에 떨었던 기억들은 야나기타의 상상력에 원동력이 되었다. 현실과는 다른 세상의 존재를 믿고 경외하고 꿈꿀 수 있는 바탕이 되었다.

누나의 책꽂이에는 야나기타 구니오(1875~1962년, 일본의 민속학자 겸 저술가—옮긴이)가 저술한 《도노 이야기(이와테현 도노 지방에 전해지는 민화와 전설을 엮은 설화집—옮긴이)》 외에도 여러 책들이 있었다. 성이 같아서 샀지만 읽기에는 조금 어렵다며 누나는 웃었다.

"근데 《도노 이야기》는 정말 재밌어. 다른 괴담보다 백배는 재밌어. 요괴도 많이 나오거든."

"그래?"

"갓파(몸은 비늘로 덮여 있고 부리가 있으며, 머리에는 접시를 얹고 있는 전설상의 동물—옮긴이)라든지 자시키와라시(이와테현을 중심으로 내려오는 전설 속 요괴로, 어린아이 모습을 하고 있으며 집을 지킨다—옮긴이) 같은. 나도 언젠가 이와테현에 있는 도노 시방에 가보고 싶어."

누나는 동경하듯 한숨을 쉬며 말을 이었다.

"나도 요술을 부리고 싶어."

"갓파처럼?"

"멍청아, 나는 요정이 되고 싶다고. 자유롭게 산 위를 날아다닐 거야. 머리카락을 흩날리며. 어디든 마음대로 갈 수 있지."

윤기 나는 머리칼을 손으로 휙 넘기자 긴 머리가 가볍게 흩날렸다. 야나기타는 그때의 표정을 지금도 기억하고 있다. 그렇다, 그때는 엄두도 못 냈지만 학창 시절 야나기타 구니오를 비롯해 오리쿠치 시노부, 미나카타 구마구스 같은 민속학자들이 저술한 민속학 책에 흥미를 갖게 된 것은 사촌 누나의 책꽂이에서 만난 책 덕분이었다. 야나기타의 마음속 책꽂이에서 민속학은 전설과도 가까웠고 문학에도 가까웠다. 훗날 가르시아 마르케스나 호르헤 보르헤스 같은 라틴아메리카 문학을 읽는 계기가 되기도 했다.

날이 완전히 저물고 하늘에 별도 늘어나면서 마침내 노숙해야 할 것 같은 예감이 강하게 밀려왔다.

"잘못해서 벼랑에서 떨어져 신문에 나는 일만은 피하자."

자신을 채찍질하듯 혼자 말하고 혼자 끄덕였다. 그렇다면 밤에는 움직이지 않고 해가 뜰 때까지 어딘가에서 기다리는 게 상책이다.

"해가 뜨면 위로 올라가볼게."

야나기타는 별이 점점 늘어나는 하늘을 올려다보며 누나더러 들으라는 듯 힘주어 말했다. 마치 그날처럼. 그러자 뒤쪽에서 휘익 하고 밤바람이 불어와 야나기타의 머리를 부드럽게 쓰다듬듯 스쳐갔다. 마치 그래그래, 하는 것처럼.

사촌 누나는 이제 이 세상에 없다. 누나는 고등학교를 졸업하고 도시로 가서 미용 학원에 다니는 사이 고향과도 소식이 끊겼다. 누나가 미용사가 되었는지 아닌지도 모른다. 할머니가 돌아가시고 야나기타도 고향을 떠나 도시에서 대학을 다니며 다른 환경에서 살게 되면서 언제부터인가 누나를 잊고 살았다.

할머니 제사를 지내러 오랜만에 고향에 내려갔을 때 누나가 죽었다는 소식을 들었다. 사십을 바라보는 나이였을 텐데 도시의 귀퉁이에서 혼자 살다가 폭풍우가 몰아치던 어느 날 강에 빠져 죽었다고 한다. 사고였는지 자살이었는지조차 알 수 없었다. 지갑에는 동전만 달랑 들어 있었고 몹시 야윈 상태였는데, 수입도 없이 사람들과도 단절된 채 지냈고 비좁은 방에는 먹을 것이 하나도 없었다고 한다.

할머니 불단에는 누나의 위패도 함께 놓여 있어 야나기타는 그 앞에서 합장을 했다. 아름다웠던 십 대 시절 누나의 사진 앞에서 조심스레 두 손을 모았다.

'누나, 강에 빠져 죽다니 《은하철도의 밤》에 나오는 캄파넬라 같네.'

괴담과 공포만화만 가득했던 누나의 책꽂이 한편에 단 한 권, 아름답게 장정된 미야자와 겐지의 《은하철도의 밤》이 꽂혀 있던 것이 생각났다. 누나도 조반니처럼 멀리 떠난 아빠가 돌아올 날을 기다리던 것을 떠올리며.

"누나가 어디 사는지만 알았어도 내가 뭐라도 도울 수 있었을 텐데."

야나기타는 합장을 하고 돌아선 날부터 누나를 위해 무언가 해줄 수 있었을 텐데, 어쩌면 누나를 살릴 수도 있었을 텐데 하며 줄곧 자책하고 있었다.

여름밤은 마치 커튼을 드리운 양 머리 위를 별빛으로 가득 채웠다.

"와아, 이거 굉장하군."

모기떼가 달려드는 것쯤이야 아무것도 아니었다. 야나기타는 하늘을 올려다보며 감탄했다. 외딴 시골 마을, 외딴 산길에서 올려다본 하늘은 도시의 하늘과는 달리 인공 불빛에 지지 않고 별들이 찬란하게 빛나고 있었다. 검은 벨벳에 다이아몬드와 유리 파편을 흩뿌려놓은 것만 같았다.

"아마 6등성까지 보이는 거겠지? 도시라면 1등성이 아니면 인공위성일 텐데."

야나기타는 천체에 대한 지식은 그다지 많지 않았다. 국제천문연맹에서 정한 88개 별자리 중에서 중심 별자리 몇 개만 알고 있는 정도였다. 그나마 어릴 때 누나에게 배운 것이다. 누나는 배를 타던 아빠로부터 배웠다고 한다. 함께 살던 시절, 도시로 떠나 행방이 묘연해지기 전의 일이다. 할머니 댁 마당에서 밤바람에 긴 머리를 날리며 북극성을 가리키던 누나의 손가락, 방에서 흘러나오는 아스라한 불빛에 비친 가늘고 하얀 손가락을 기억한다. 할머니가 만들어주신 민소매 원피스를 입은 누나의 가는 팔다리와 날개처럼 보였던 날갯죽지. 그리고 별 이름을 하나하나 알려주던 짐짓 어른스러운 목소리까지.

"어릴 때 시골 뒷산에서 본 밤하늘도 이랬던가?"

고향은 도시와 가깝고 좀 더 번화한 곳이었기 때문에 이렇게까지 수많은 별들이 찬란하게 빛나는 밤하늘은 아니었던 것 같다. 단지 아름다웠다는 기억만 있다. 누나의 목소리도 귓가에 남아 있다. 쉼 없이 불어오던 밤바람 소리도. 바람에 날리는 누나의 머리카락에서 나는 꽃처럼 달콤한 샴푸 냄새도, 순간 코끝에 향기가 되살아났다.

평생 잊지 못할 추억. 어릴 때는 아무리 아름다운 풍경이라도 매일 보는 일상인지라 오래도록 바라보거나 기억에 담아두려 애쓰지 않았다. 하지만 이미 기억에 새겨져 있었다는 것을 깨달았다. 별이 빛나던 밤하늘도, 산도, 강도 당연하게 그곳에 있었고 자연은 아이들을 온몸으로 끌어안아 뛰어놀게 해주었다. 아이들이 아무리 휘젓고 다녀도, 눈길 한번 주지 않아도, 그저 묵묵히 받아주고 있었다.

밤바람에 섞여 순간적으로 누나의 향기를 맡은 것 같은데, 물론 착각일 것이다. 어딘가에 여름 꽃이 피어 있어서 그런가 생각했다. 산에서 혼자 길을 잃었을지언정, 아니 진짜 조난을 당했을지언정, 이렇게 별이 빛나는 밤하늘을 볼 수 있어서 좋았다. 자신이 누나를 잊지 않았다는 사실을 깨우쳐주어서 정말 좋았다.

"나라도 기억하고 있어야지."

누나를 기억하는 사람은 별로 없을 것 같았다. 야나기타가 언젠가 세상을 떠나게 된다면 이 우주에서 누나를 기억하는 사람이 아무도 없을 것만 같았다. 누나의 인생 자체가, 한 사람의 존재가 애초에 존재하지 않았던 것처럼 소멸해버릴 것만 같았다. 그건 너무 허무해서 싫었다.

'내가 살아 있는 동안에라도 기억하고 있어야지.'

밤하늘을 향하던, 소녀의 하얀 손끝을, 그 손을 살포시 감싸 쥐고, 누나의 삶의 기억이 세상에서 사라지지 않도록 자신이 붙잡고 있고 싶었다.

누나가 강에 떨어졌을 때 물에 빠진 새끼 고양이를 구하려다 그랬다고 말하는 목격자가 있었다고 한다. 비바람이 몰아치던 날, 지나던 길이었는데 어두운 저녁이어서 자세히 보지는 못했지만 그런 것 같다고 말했다. 만약 그 말이 사실이라면 누나의 죽음은 자살이 아니다. 제발 그랬으면 하고 바랐고, 그래야 누나다울 것 같았다.

야나기타가 직접 들은 말이 아니기에 자세한 정황은 알 수 없었다. 만약 그 말이 사실이라면 새끼 고양이는 어디로 간 것일까. 살아 있는 걸까 하는 생각이 줄곧 머릿속을 떠나지 않았다. 누나가 목숨과 바꾸었으니 적어도 새끼 고양이만이라도 살아 있기를 바랐다. 오래전 일이어서 그 고양이가 그때 살았다 해도 이미 세상을 떠났을 테지만.

누나는 고양이를 좋아했다. 물론 야나기타도 그렇다. 두 사람 모두 어릴 때는 부모님과 할머니가 고양이를 못 키우게 해서 어른이 되면 꼭 고양이를 키우자고 약속했다. 그래서 그 무렵 상자에 담겨 버려진 고양이들을 보는 것이 괴로웠다. 고양이가 울면 너무 슬펐다. 데려다 키울 수 없는 상황이어서 미안하다고 말하며 고양이로부터 멀리 달아난 적도 있었다.

어른이 되면 아무도 뭐라 하지 않을 테니 그때는 꼭 고양이를 키우자고 누나와 약속했다. 그것은 맹세에 가까운, 진심을 담은 약속이었다. 지금 야나기타가 여덟 마리의 고양이와 함께 살고 있는 것은 그 시절 누나와의 약속 때문인지도 모른다. 자신은 어른이 되었고 이렇게 살아 있으니까 고양이와도 살고 있다. 얼마든지 더 많은 고양이와 함께 살 수 있다. 누나는 이제 그럴 수 없지만.

"네코타 아저씨도 고양이를 좋아했는데."

뺨에 달려든 모기를 잡다가 불현듯 옛 기억을 떠올리며 쓸쓸하게 웃었다. 여름이 되면 지금의 자신처럼 똑같이 모기를 잡던 아저씨를 생각하면서.

이름에도 고양이 '묘(네코)' 자가 들어가서 그런지 고양이를 좋아한다고 길고양이를 쓰다듬으며 웃던 아저씨였다. 키가 엄청 커서 어린 야나기타에게는 나이가 아주 많아 보였지만 아마도 당시 아저씨 나이는 삼십 대 후반이나 사십 대 초반이었을 것이다. 그러고 보니 지금의 자신보다 젊은 나이였다.

"여전히 나이 많은 어른처럼 느껴지는데."

시골 마을 작은 상점가에서 만화 가게를 하며 항상 나막신을 신고 다니던 아저씨는 만화를 빌리러 오는 아이들을 무척 예뻐했다. 나막신을 거의 끌다시피 걷던 소리, 처진 눈썹으로 미소 짓던 모습과 담배 냄새도 기억난다. 입가에 항상 담배를 물고 있었던 것 같다.

나쁜 짓을 하면 꿀밤을 먹였고 걸걸하게 혼도 냈지만 마음이 선한 어른이었다. 아이들은 모두 네코타 아저씨를 잘 따랐다. 고양이들까지도. 동네 길고양이들이 꼬리를 치켜들고 밥 달라며 졸졸 따라다니던 모습이 떠오른다. 어째서인지 혼자 살았는데 마을 사람들과 잘 어울리지 못하고 공동체에서 멀찌감치 물러서서 살았던 인상이 남아 있다. 하지만 그 모습이 불행해 보이지는 않았는데, 자유스럽고 어딘가 세상사에 초연한 모습이었다.

'왠지 멋져 보였는데.'

어린 야나기타의 아빠는 고향에서 작은 회사에 다니고 있었고 친가와 외가 모두 같은 고향 출신으로 작은 시골 마을에 뿌리내리고 사는 토박이였기 때문에 사연이 많아 보이는 떠돌이 같은 분위기에 끌렸는지도 모르겠다.

'어딘가 시인 같았어.'

멋있다고는 해도 항상 러닝셔츠에 헐렁한 바지 차림이었던 것 같다. 멋을 부려야 할 때는 여기에 밀짚모자만 쓰면 끝이었다. 아니 그것은 어디까지나 여름용이고, 다른 계절에는 와이셔츠에 재킷을 걸쳐 조금은 제대로 된 차림을 하고 있었다. 하지만 추울 때는 솜을 넣은 누비옷을 걸치고 있었던 것 같다.

그랬다, 누비옷을 입고 계산대 옆에서 화롯불을 쬐고 있던 모습을 기억한다. 화로에는 석쇠가 올려져 있었는데 가끔 말린 정어리나 빙어를, 설날에는 떡을 구워 아이들에게도 나누어 주었다. 가게 미닫이 문을 열었을 때 좋은 냄새가 나면 가슴이 설레었다.

좁은 가게 안에는 손수 짜 넣은 붙박이 서가에 만화책이 빼곡하게 꽂혀 있었다. 비닐로 싼 만화책을 많이도 빌려 읽었다. 공포만화는 사촌 누나에게 빌려 봤지만 그 외에는 네코타 아저씨의 만화 가게에서 빌려 봤다. 용돈이 귀하던 시절이라 그 당시 아이들은 만화책을 보려면 만화 가게에 가야만 했던 것 같다.

"만화 가게도 언제부터인가 사라져버렸군."

예전에는 마을 언저리에 하나 정도는 있었던 것 같다. 언제부터 사라진 걸까, 만화 가게는. 용돈을 꼭 쥐고 수없이 드나들었던 가게. 시리즈별로 꽂혀 있던 멋진 서가. 그 서가는 마치 보물을 전시해놓은 진열장 같았다. 그곳에는 꿈과 모험의 세상으로 가는 문이 있었다. 미지의 세계로 유혹하는 문이 줄지어 있는 아찔한 공간을 둘러보며 오늘은 뭘 빌릴까 하고 설레던 일을 잊을 수가 없다.

　네코타 아저씨는 장사 밑천이니 당연한 일이겠지만 아무튼 만화책을 좋아했고 만화에 정통했는데, 다시 말해 아이들 구미에 맞는 재미있는 작품을 많이 가지고 있었다.

　쇼와 시대의 명작은 대개 그 만화 가게에서 빌려 읽었다는 생각에 새삼 그리움이 밀려온다. 옛날 만화책도 찢어진 부분을 잘 붙여서 읽을 수 있게 해두었기 때문에, 야나기타는 또래 아이들이 알고 있던 만화보다 훨씬 이전에 나온 만화까지 꿰고 있었다.

　만화의 세계는 작가도 잡지도 변화가 심해서 너무 오래된 작품에 관한 지식은 아무리 서점에서 일한다 해도 이제는 거의 통하지 않는다. 하지만 만화 그 자체에 관한 지식이나 재미에 대한 감성은 그 무렵 산더미 같은 만화책을 읽으며 단련된 것이므로 감사할 따름이다. 야나기타는 지금도 여전히 만화책을 읽고 있으며 좋아하는 작품도 많다.

밤바람을 맞으며 하늘을 올려다보고 있자니 휴우 하고 탄식이 흘러나왔다.

　"은하수가 보이는군. 굉장하다. 정말로 하늘에 강이 흐르는 것처럼 보이는구나."

　능선에서 하늘을 향해 강물처럼 뻗어나가는 빛무리가 보인다. 여름의 대삼각형이 있는 걸로 보아 은하수라고 짐작했다. 그것은 은하계 별들의 소용돌이. 우리가 사는 지구는 태양계의 세번째 행성으로 태양계는 은하의 소용돌이 속에 있다는 지식도 만화로 배웠다. 《은하철도 999》로 유명한 마츠모토 레이지나 우주 소년 아톰을 만든 데즈카 오사무의 작품 속에서 수없이 우주 여행을 했다. SF소설로 유명한 하야카와 출판사나 추리소설로 유명한 소겐 출판사의 소설을 읽게 된 것도 중학생이 되고 나서부터였다.

소년이었던 야나기타는 만화 속에서 초능력자가 되었고, 사이보그가 되었고, 가끔은 닌자가 되기도 했다. 이시노모리 쇼타로의 《가면라이더》나 시라토 산페이의 《닌자무예장》 같은 작품도 좋아했다. 시공을 초월한 불사조를 따라 태곳적 일본에도 살았고, 아주 먼 미래의 우주에서도 살았다. 생명의 의미와 존엄, 인간이 사는 의미에 대해 생각했다. 사이보그 009와 함께 전쟁터에 나갔고 오로지 용기만으로 절망적인 전쟁을 치러냈다.

그러고 보니 만화를 통해 많은 꿈을 꾸었고, 과거나 미래에서 수없이 많은 인생을 살았구나 싶다. 그랬다, 네코타 아저씨의 만화 가게에는 여러 세상으로 가는 문이 있었다.

어느 날 야나기타는 흥분한 목소리로 네코타 아저씨에게 말했다.

"이 가게를 통째로 갖고 싶어요. 그러면 매일매일 만화를 맘껏 읽을 수 있잖아요. 1년이고 10년이고 계속 읽고 싶어요. 평생 읽어도 좋고요."

"평생 읽다니 굉장하군."

아저씨는 흥미롭다는 듯 웃으며 야나기타에게 물었다.

"얘야, 만화 가게가 좋으냐?"

"네, 근데 아저씨네 만화 가게가 좋아요. 아주, 아주."

살 수만 있다면 통째로 사고 싶었다. 하지만 초등학생의 용돈으로 살 수 없다는 건 너무나 잘 알고 있었다.

"내가 엄청 부자가 되면 아저씨 가게를 통째로 사고 싶어요."

"그러냐?"

아저씨가 재미있다는 듯 하하하 하고 웃었다. 그러고는 갑자기 진지한 눈빛으로 "언젠가 네게 물려줄게" 하고 말했다.

"진짜요?"

"그럼, 통째로 다 줄게. 너라면 재미있는 만화를 잘 찾아서 진열해 놓을 테니 멋진 만화 가게 주인이 될 것 같구나. 좋다, 이 가게를 공짜로 물려주마."

"진짜죠?"

"그럼."

아저씨는 한쪽 눈을 찡긋 감아 보이며 멋지게 웃었다.

그 약속은 어디까지 진심이었을까, 여전히 궁금하다. 지금의 야나기타는 어른이 되었으니 어른이 아이들과 한 약속은 다정하지만 몽상적이고 판타지인 데다 대충이라는 것도 알고 있다.

'그래도⋯⋯.'

네코타 아저씨 눈에는 어렴풋이 진심이 섞여 있었다고 생각한다.

진심이었는지 아니었는지는 아직도 모른다. 야나기타는 자라면서 차츰 만화보다는 소설을 읽게 되었고 언제부터인가 만화 가게를 드나드는 일도 줄어들었다. 멀리 떨어진 고등학교에 다녔고 대학에 진학하면서 고향을 떠났다. 가끔 떠올리며 그리워하는 정도였다. 고향 집과 가까운 곳에 있던 만화 가게였기 때문에 언제든 갈 수 있을 거라 생각했는데 어느 사이엔가 만화 가게는 없어졌다. 네코타 아저씨가 어디로 갔는지 아무도 몰랐다. 바람처럼 떠돌다가 잠시 머무르곤 또다시 바람처럼 사라져버렸다.

한참이 지나서야 소문을 듣게 되었다. 네코타 아저씨는 나이가 들어 많이 쇠약해졌음에도 변함없이 자유인으로 살다가 기어코 큰 병을 얻게 되었는데, 지인이 있는 병원을 찾았을 때는 이미 너무 늦어 얼마 못 가서 세상을 등지고 말았다고. 유골은 고향 마을 친척이 모셔갔다고 한다.

야나기타는 아직도 가끔 생각한다. 혹시라도 네코타 아저씨가 진짜로 만화 가게를 물려주는 그런 미래도 있었을까 하고. 그가 만든 가게를, 그가 만든 서가를 물려받는 그런 미래가.

"하긴 만화 가게는 서점보다 수입도 훨씬 적고 이미 한물간 업종이라 물려받았어도 엄청 고생했을 거야."

모기를 쫓으며 어깨를 으쓱했다.

너무나 좋아했던 공간은, 나란히 서 있던 서가는, 이제 더 이상 존재하지 않는다. 야나기타는 아무것도 지키지 못했다. 사라져버렸다.

"결국 난 어느 것 하나 지키지 못했군."

홀로 쓴웃음을 지었다. 늘 소중한 것을 지키지 못하는구나. 그 소중함을 깨닫기 전에 모두 사라져버렸다. 어쩌면 뭔가 할 수 있는 일이 있었을지도 모르는데.

갑자기 또 하나의 아픈 기억이 떠올랐다. 수년 전 길고양이를 데려다 키우다가 얼마 안 되어 떠나보내야 했던 기억이다. 고등어 무늬의 새끼 고양이는 너무나 작고 신장도 약해서 정성껏 보살폈지만 결국 죽고 말았다. 야나기타는 식어가는 작은 몸을 잠옷 앞섶에 넣고 이불까지 뒤집어쓴 채 따뜻하게 해주려 했는데 서점 일로 피곤해서였는지 깜박 졸다가 눈을 떴을 때는 이미 새끼 고양이의 영혼이 작은 몸에서 빠져나간 후였다.

"정말이지 난 제대로 하는 게 없어."

마지막 가는 길이 힘들지는 않았을까. 울면서 야나기타를 부르지는 않았을까. 그렇게밖에는 생각할 수 없었고 여전히 자책하고 있다. 고양이를 좋아하는 아내는 "그 아이는 '아빠'한테 고마워하고 있을 거야" 하고 말해주었지만 그런데도 자책하게 된다. 새끼 고양이가 가장 힘들어할 때 아무것도 해주지 못했으니까.

"별의 바다라니, 참 잘도 생각해냈군."

마츠모토 레이지가 표현한 은하수를 떠올리며 하늘을 올려다보았다. 모기에 물린 목을 긁으면서. 도시에 있으면 은하수는 이렇게 보이지 않는다. 보이더라도 구름이나 안개처럼밖에 보이지 않을 것이다.

"밤하늘에 은하수가 저렇게 보인다면 미야자와 겐지와 마츠모토 레이지가 하늘에 날아다니는 기차 정도 달리게 할 법도 하지."

사이좋은 친구 조반니와 캄파넬라, 그리고 해난 사고로 죽은 형제들을 태우고 기차는 별의 바다를 달렸다. 먼 미래 고아 소년 철이는 영원히 사는 기계 몸을 구하기 위해 수수께끼 여인 메텔과 은하철도 999의 손님이 되었다.

"이런 밤하늘이라면 남십자자성과 대마젤란은하(우리은하와 동반은하이며 불규칙은하인 마젤란은하는 두 개의 은하로 구성된다. 그중 시지름이 작은 것은 소마젤란운, 큰 것은 대마젤란운이라 한다—옮긴이)를 향해 기차가 달린다 해도 이상할 게 없지."

보이지 않을 뿐이지 도시의 하늘에도 별의 바다는 빛나고 있고 은하수는 흐르며 어쩌면 하늘을 나는 기차가 달리고 있을지도 모른다.

"그나저나 큰일이군."

야나기타는 중얼거렸다. 아까부터 몹시 갈증이 났다. 배도 고팠다. 이상하게 몸에서 열도 났다. 갑작스런 피로에 덤불 속에라도 주저앉고 싶었다.

"갈증이 나는 게 당연하지. 여름인 데다 계속 길을 헤맸으니 그럴 만도 해."

정신이 혼미했다. 기억도 없는데 어느새 덤불 속에 주저앉아 있었디. 별안간 머리에 통증을 느꼈나. 이건가 익숙한 통증, 꿀밤을 맞은 느낌이었다. 담배 냄새와 함께 네고타 아저씨의 걸걸한 음성이 귓가에 들려왔다.

"이 녀석아, 정신 차려."

깜짝 놀라 눈을 뜨고 자리에서 벌떡 일어섰다. 주위를 둘러보았다. 물론 그곳에는 아무도 없었고, 하늘에는 별이 떠 있고 밤바람이 불고 있을 뿐이었다.

"환영일까?"

야나기타는 등줄기에 홍건한 땀을 느끼며 한숨을 쉬었다. 환영일지라도 보고 싶었던 사람과 만날 수 있어 기분이 좋았다.

"진짜 큰일 났는걸. 이러다 조난당할지 모르니 정신 똑바로 차려야겠어."

하고 말하며 양손으로 뺨을 철썩 때렸다.

옛날에 사촌 누나가 가르쳐준 말을 떠올렸다. 산에 사는 요괴 이야기에서 알게 된 지식이었다.

"조난당하면 중요한 것은 물이야. 사람은 얼마간 먹지 않아도 살 수 있지만 물이 없으면 나흘 정도면 죽을 수 있대."

나흘이라니. 설마 그때까지는 도로를 찾든가 등산객이라도 만날 수 있겠지 싶으면서도 혼자 산속에 있자니 역시 불길한 생각이 들었다. 누나의 목소리가 들려왔다.

"목마르다고 산을 내려가면 안 돼, 알았지? 본능적으로 강을 찾으려 깊은 골짜기로 들어갔다가는 자칫 빠져나오지 못할 수도 있어. 그러면 아무도 모르게 죽을 수도 있다고. 그건 너무 슬프잖아."

그렇게 죽고 싶지는 않았다.

"벌써 죽고 싶지는 않아. 내가 죽으면 긴가도 서점은 어쩌라고? 그럴 수는 없지. 제대로 눈도 못 감고 귀신이 되어서라도 일할지 몰라."

야나기타는 서점 점장으로서 해야 할 일도, 하고 싶은 일도, 도전해보고 싶은 일도 많았다. 서점이란 이상적인 장소로 만들고 싶어도 영원히 완성할 수 없는 예술 작품 같은 면이 있다. 많은 의미에서 더욱더 완벽한 서점을 만들고 싶은 꿈이 있었다.

은하수를 보며 감동하거나 추억에 잠기는 것도 적당히 하자. 이제 체력을 아껴야 한다. 동이 틀 때까지 어딘가 앉아서 쉴 곳을 찾아보자. 마음을 차분히 가다듬고 주위를 둘러보았다. 커다란 나무가 눈에 띄었다. 송충이가 없으면 좋겠다고 생각하며 나무 기둥에 기대어 팔짱을 끼고 눈을 감았다. 막연하게 덤불 속에 있는 것보다는 기대 앉아 있는 것이 역시 마음 편했다. 나무의 감촉이 서늘한 것도 기분 좋았다. 딱딱해서 배기긴 했지만.

'배가 고프군. 주변에 있는 푸성귀라도 따 먹을까. 버섯이나 나무 열매 같은 거 어디 없나? 이왕이면 과즙이 풍부한 과일이 좋겠는데' 하며 주위를 두리번거리다 누나에게 들은, 독초나 독버섯을 먹고 죽을 뻔한 사람 이야기를 떠올리고는 고개를 절레절레 저은 뒤 다시 눈을 감았다.

'괜찮을 거야. 체력에는 자신 있으니까. 곧 날이 밝으면 길도 찾을 수 있을 거야.'

조금이라도 눈을 붙이자고 생각했다. 잠들면 갈증과 배고픔도 잊을 수 있을 것이다. 피곤하니까 금세 잠들 테지. 밤바람도 시원하고.

"모기는 어쩔 수 없군."

눈을 감은 채 찰싹 하고 이마를 때렸다.

시간이 얼마나 흘렀을까. 귓가에 익숙한 소리가 들려왔다. 작은 소리였다. 새끼 고양이가 뛰어다니는 소리라고 생각했다. 그렇다, 죽은 새끼 고양이가 야나기타가 잠들어 있는 머리맡에서 혼자 일어나 뛰어다니고 있었다.

'어? 죽었다고 생각한 건 착각이었나? 살아 있었던 건가?'

피곤과 졸음으로 혼미한 가운데 야나기타는 팔짱을 낀 채로 힘겹게 눈을 떴다. 바로 옆 덤불 속에서 고등어 무늬를 가진 새끼 고양이가 신나게 뛰어다니고 있었다. 저 무늬는 틀림없이 그 고양이다. 눈이 마주친 순간 새끼 고양이는 눈을 빛내며 다가왔다.

"아빠."

카랑카랑하고 귀여운 목소리로 야나기타를 부르면서 품속으로 뛰어들더니 가르랑거리며 작은 머리를 비벼댔다.

"아빠, 보고 싶었어. 아빠, 갑자기 떠나서 미안해. 인사도 못 하고 가서 미안해."

"그런 건 상관없어."

야나기타는 새끼 고양이의 작은 몸을 쓰다듬었다. 눈물이 쏟아지는 바람에 당황스러웠다.

"아무것도 못 해줘서 아빠가 더 미안해."

"미안해하지 마."

새끼 고양이는 눈을 감고 연신 야나기타의 손에 머리를 비볐다.

"나는 아빠 손이 좋아. 나를 살려준 손이고 쓰다듬어주는 착한 손이거든. 뭐든 다 할 수 있고 따뜻하고 부드러운 손이야."

야나기타는 몇 번이고 몇 번이고 새끼 고양이를 쓰다듬었다. 돌연 쓸쓸하게 웃었다.

"너를 다시 만나 너무 좋구나, 난 죽은 거지?"

"왜 그런 생각을 해?"

"나를 마중 나온 거 아니야? 아빠의 영혼을 천국에 데려가려고 마중 나온 거잖아?"

새끼 고양이는 재미있다는 듯이 수염을 세우며 웃었다.

"아니야, 아빠는 이런 일로 죽거나 하지 않아. 그냥 보고 싶어서 온 거야."

"진짜?"

"응."

새끼 고양이가 짐짓 엄숙한 표정으로 고개를 끄덕였다.

"아빠는 아직 살아 있어. 할아버지가 될 때까지 살아 있을 거야. 아쭈 민 훗날까지 살게 될 서야. 우리랑 함께."

야나기타는 눈을 떴다. 새끼 고양이를 찾아봤지만 품 안에 있어야 할 새끼 고양이는 사라지고 없었다. 꿈을 꾸었던가 보다. 꿈이든 환영이든 다시 만나서 기뻤다. 두 번 다시 못 볼 줄 알았던 새끼 고양이를.

"아까 네코타 아저씨도 그렇고."

목이 말라 칼칼해서 기침을 하면서 야나기타는 홀로 웃었다.

"산에서 길을 잃은 것쯤이야. 이렇게라도 다시 만날 수 있었으니, 기척을 느낄 수 있었으니 그것으로 족해."

그래, 환영이면 어때. 야나기타는 고개를 크게 한 번 끄덕이고는 팔짱을 낀 팔에 힘을 주며 눈을 부릅떴다.

"오래 살아야지. 먼 훗날까지."

새끼 고양이와 네코타 아저씨와 함께. 추억의 조각들과 함께 오래 오래.

정신을 차려보니 눈앞에 사람이 서 있었다. 사십 대로 보이는, 길고 검은 머리를 지닌 마른 체형의 아름다운 여자였다. 잘 아는 사람 같았다. 너무 잘 아는 사람이라고 생각했다. 동시에 만난 적이 없는 것처럼 느껴지기도 했다. 여자는 야나기타 앞에서 몸을 숙이더니 얼굴을 빤히 쳐다보며 웃고 있었다. 얇은 입술에 곱게 바른 붉은 립스틱이 아름다웠다.

116

조금 이상한 것은 여자의 긴 머리와 입고 있는 베이지색 트렌치코트가 물에 흠뻑 젖어 있다는 점이었다.

여자는 빙그레 웃었다. 야나기타의 얼굴을 바라보며 마치 그럴 줄 알았다는 듯이 누나 같은 표정을 지었다. 야나기타보다 한참 어려 보이는데 누구일까.

여자의 붉은 입술이 달싹이더니 귀에 익은 목소리로 야나기타의 이름을 불렀다.

"로쿠로타."

긴 머리에서는 그리운 샴푸 냄새가 났다.

"로쿠로타, 잘 있었니?"

이름을 불러보고 싶었지만 목소리가 나오지 않았다. 일어나 손을 내밀고 싶었지만 몸이 말을 듣지 않았다. 여자는 다시 한번 미소 짓더니 바람에 날리듯 하늘로 훌쩍 떠올랐다.

"곧 날이 밝을 거야. 아침이야."

목소리는 바람에 녹듯이 맑고 청아했다. 미소를 머금은 행복한 목소리였다. 산새들이 지저귀는 소리가 들려왔다. 누군가 신호를 준 것도 아닌데 새들이 일제히 지저귀는 소리가 산에 울려 퍼졌다. 이윽고 하늘이 은빛으로 빛나며 마침내 태양이 서서히 떠오르기 시작했다.

아침 햇살 속에서 졸린 눈을 비비며 야나기타는 생각했다. 누나의 영혼은 어릴 때 소원대로 숲의 요정이 된 걸까. 지금은 아마 자유롭게 하늘을 날고 있겠지. 붉은 입술에 미소를 머금고. 행복한 미소였다고 생사했다.

빛이 비추는 세상은 이제 막 태어난 것 같은 모습이었다. 때 묻지 않고 슬프지도 않은, 한없이 깨끗해서, 내일과 미래를 향해 이어져 있을 뿐인 것 같은 세상처럼.

"과거는 그저 사라져가고 잊혀가는 것 같지만 그렇지 않았어."

숨을 깊게 내쉬고는 조용히 미소 지었다.

"과거는 언제나, 추억은 언제나, 내 뒤에 있다. 수호신처럼 함께 있다. 나는 혼자가 아니고 추억 속에 사는 모두도 혼자가 아니다. 존재는 허무하지 않다. 내가 잊지 않고 있으니까. 함께 미래로 가고 있으니까."

누나의 책꽂이와 쓸쓸해 보이던 옆모습과 별을 가리키던 하얀 손끝. 네코타 아저씨의 선한 미소와 담배 냄새와 보물이 가득했던 만화가게. 새끼 고양이의 부드러운 털과 반짝이는 눈동자와 작은 목소리. 모두 사라지지 않았다. 죽은 것 같지만 영원히 사라진 것은 아니었다. 존재에 의미가 없다는 건 거짓말이다. 무력하게 보이는 것도 사실은 무력하지 않다.

"어쩌면 우리 서점과 서가, 그리고 서점인들의 노력은 누군가의 마음에 남아 그곳에서 살고 있을지도 모를 일이야."

야나기타가 살아 있는 동안 완벽한 서점을 완성할 수 없다고 해도 잇세이나 야나기타와 연결된 수많은 서점인들의 기억 속에 남아 계속

118

해서 노력하는 사이 무의식중에 하나라도 참고가 된다면, 혹은 매일 찾아오는 많은 손님들 가슴에 추억으로 남을 수 있다면 언젠가 긴가도 서점이 문을 닫는 그런 불행한 미래가 찾아오더라도 그것은 서점의 생명이 끝나는 게 아니라는 생각이 들었다.

"어쩌면 '끝'이란 없는 게 아닐까."

서점도, 서가도, 한 생명도. 그렇다면 좋겠다. 그렇게 야나기타는 하늘을 올려다보았다. 우리는 모두 혼자가 아니다.

같은 날 아침, 아직 문도 열지 않은 오후도 서점의 문을 두드리는 사람이 있었다고 한다. 잠을 설친 잇세이는 그 시각에 마침 서점에 나와 청소를 하던 중이었는데 문을 열자 그곳에 코트를 입은 아름다운 여자가 서 있었다. 하지만 그녀는 잇세이가 잠시 한눈을 판 사이 사라져버렸다. 가게를 나와 그녀를 찾던 잇세이는 아침 햇살에 빛나는 하늘에 검고 긴 머리를 날리며 날아가는 여자를 본 것 같은 느낌이 들었다. 그 하얀 손끝은 산 쪽을 가리키고 있었다고 한다.

"잠을 설쳐서 잘못 본 건가?"

잇세이는 눈을 비비고 나서 무언가 결심한 듯 고개를 끄덕이더니 서점 문에 '외출 중'이라고 쓰인 표찰을 걸고 산으로 향했다. 아무 일도 없다면 다행이지만 어제부터 연락이 두절된 야나기타 점장이 신경 쓰였다. 혹시 모르니 둘러봐야겠다고 생각했다.

'설마 산에서 길을 잃은 건 아니겠지?'

산을 내려갔거나 집에 노숙했더라면 연락을 했을 텐데 하면서 기다리다가 날이 밝아버린 것이다.

"무사하다면 다행이지만, 아침 산책이라고 생각하고 가보자."

일단 돌아볼 수 있는 데까지 가보기로 했다. 산에 간 김에 산나물을 캐 오면 도오루도 좋아하겠지. 산에서 부는 아침 바람은 오늘도 청량하고 시원하다. 맛있는 공기를 한껏 들이마시며 그는 산을 향해 발걸음을 재촉했다.

3

아기 여우의 편지

"이제 와서 후회해도 소용없다는 건 알지만 내가 왜 이렇게 무거운 짐을 지고 혼자 산길을 오르고 있는 걸까?"

미카미 나기사는 누군가를 원망하는 기분으로 (스스로 선택한 것이니 자업자득이라는 걸 알고는 있지만) 구시렁거리며 얼마 전에 산 우아한 흰색 다운 롱코트를 겨울바람에 펄럭이며, 이 또한 새로 장만한 명품 보스턴백을 거의 끌다시피 하며 느릿느릿 걸었다.

"30분만 산길을 오르면 된다던데 왜 이렇게 먼 거지?"

한겨울이라 하얀 입김이 모락모락 새어 나왔다. 무거운 짐을 지고 헉헉거리며 걷고 있자니 마치 썰매견 같다는 생각이 들었다. 아직 2월인데도 그다지 춥지 않아 다행이긴 했다. 눈이 내리지 않은 것도 다행이었다. 눈이 쌓여 있었다면 진짜로 썰매 끄는 개가 되었을 판이다.

아니, 자칫하다간 조난당할 판이었다.

　사쿠라노마치와 가까운 산길에서 작년 여름 긴가도 서점 야나기타 점장이 조난될 뻔했다는 이야기를 직접 들었다. 당연히 살짝 부풀린 이야기일 테니 어디까지가 진짜인지 알 수는 없었지만 때마침 잇세이가 와주지 않았다면 큰일 날 뻔했다는 건 틀림없었다.

　"난 점장님과 달라서 조난 따윈 당할 리 없지."

　나기사는 자신이 있는 곳과 길을 제대로 파악하고 있었고 아직 시간도 충분했다. 밝을 때 사쿠라노마치에 도착할 예정이었다. 아무리 짐이 무겁더라도 이 속도라면 예정보다 조금 늦어지겠지만.

　"걸어서 30분 거리는 평소라면 노루 걸음으로 5분이면 갔을 텐데."

　나기사는 크게 한숨을 내쉬고는 다시 걷기 시작했다. 오던 길로 되돌아가 일단 기차역까지 가서 보관함에 짐을 맡기고 다시 올까, 하고 아까부터 수없이 고민하다가, 아니지, 이왕 여기까지 왔으니 그냥 가자, 하고 다시 걷기를 반복하고 있었다.

　나기사는 어릴 때부터 혼자서 행동하는 것에는 익숙했고 지도를 보는 것도 능숙하고 방향감각도 좋았다. 십 대 때부터 오토바이를 타서인지 그쪽으로는 지식과 감각이 뛰어나다고 자부한다. 평소였다면 이런 바보 같은 실패는 하지 않는다. 혼자 여행하는 것은 멋진 취미이지만 누구에게도 의지해서는 안 된다고 각오하지 않으면 생각지도 못한 사고로 이어질 수 있다.

　"역시 너무 얕본 걸까?"

오랜만에 떠난 여행이었으니. 어깨를 늘어뜨리고 깊은 한숨을 내쉬었다.

잇세이는 이 산길을 지난봄에 앵무새와 함께 걸었다. 너무나 기분 좋고 즐거운 여행길이었다는 것을 나기사도 알고 있다. 잇세이가 실시간으로 메시지를 보냈으니까.

그래서 자신도 이 길을 산책하듯 걸어보고 싶었다. 작은 소망이었다고 해도 좋을 것이다. 하지만 이번에는 버스나 택시로 마을까지 올라가는 게 좋을 것 같다는 생각도 했다. 산자락에 자리한 시가지 기차역에서 버스를 갈아타면 사쿠라노마치 마을 초입에 있는 정류장까지 갈 수 있었다. 그런데 버스 배차 간격이 나기사에게는 충격적일 정도로 길었다. 아침과 저녁, 하루에 단 두 번 왕복할 뿐이었다.

나기사는 어릴 때부터 줄곧 도시에서만 살았다. 버스가 불과 몇 분 간격으로 오는 생활밖에 몰랐던 데다가 평소 버스를 이용하지 않았기 때문에 시골의 교통 사정에 어두웠던 것이다. 불편하다는 사실은 들어서 알고 있었지만 이 정도일 줄은 생각지도 못했다. 여행 전에 버스 시간표를 찾아보고 놀라고 말았다. 그러나 휴가를 얻으려고 전날까지 업무(나기사는 오래된 백화점 안에 있는 서점에서 문예 도서를 담당하고 있다. 일은 좋아하지만 항상 바쁘다)를 처리하느라 크게 신경 쓰지 못하다가 기차를 타고 근처 역까지 가서 마을로 들어가는 버스를 타는 대신 30분가량 산길을 걸으면 될 것으로 생각하고 느긋한 마음으로 온 것이다.

이럴 때 아니면 언제 택시를 이용하겠나 싶었지만 평소 자주 타지 않는 데다 택시비가 많이 나올 것 같고 사치인 것 같아서 내키지 않았다. 운전면허도 있고 운전에도 자신 있다 보니 직접 운전하는 것이 차비도 안 들고 편할 거라는 생각이 들었던 것도 사실이다.

"처음부터 차로 오거나 오토바이로 왔으면 좋았을걸."

아마 가장 빨리 도착할 수 있었을 것이다. 하지만 이번에는 그러지 않기로 했다. 휴식을 위한 여행이므로 최대한 여행자답게 우아하고 느긋한 마음으로 남이 운전하는 차에 몸을 맡기고 싶었다. 이동 시간에는 원고나 책을 읽을 요량이었다.

그렇다. 가방 안에는 가제본과 교정쇄에 책까지 잔뜩 들어 있었다. 평소 읽고 싶었던 책이나 읽어야 했으나 바빠서 읽지 못했던 것들이었다. 욕심껏 챙기다 보니 엄청난 무게가 되었다. 종이는 무게가 꽤 나가기 때문이다.

"멍청해, 정말 멍청해. 힘이 세다고 나를 너무 과신했어."

걸어서 30분 걸린다는 산길을 너무 우습게 본 것이다. 평소에도 이 정도 양의 책과 가제본을 들고 다녔으니 아무 생각 없이 챙겨 넣은 것이다. 검도 유단자이기도 하고.

"검도가 무슨 소용이람."

헛웃음만 나왔다. 평소에 무거운 책을 들고 다닌다 해도 편한 작업복 차림으로 서점을 돌아다니거나 기껏해야 동네에서 포장된 길을 잠시 걷는 것과, 예쁘게 치장하고 산길을 걷는 것은 차원이 달랐다.

교정쇄는 원고가 책으로 나오기 전에 책과 같이 조판하여 종이에 인쇄한 것을 말한다. 주로 책이 완성되기 전에 출판사와 저자가 교정을 하면서 쓰는 것인데 서점에 홍보를 위해 보내기도 한다. 서점 직원의 반응을 미리 알고 싶거나 감상이나 의견을 듣고 싶어서 보내는 것이다. 가제본은 그 교정쇄를 읽기 쉽게 제본한 것으로 둘 다 (특히 가제본은) 출판사가 자신 있게 추천하는 책인 경우가 많다. 좋은 책이 나왔으니 잘 부탁한다는 인사차 보내는 것이리라.

서점업계에는 책을 읽고 추천하는 일을 잘해서 온라인, 오프라인 양쪽 모두 영향력 있는 서점인이 많은데 그런 서점인에게는 교정쇄와 가제본이 집중적으로 몰린다. 도시에 있는 대형 서점 직원에게는 가만히 있어도 도착하고, 규모가 작은 서점이나 지방 서점이라도 유명한 서점 직원에게는 많이 전달된다.

나기사도 다행인지 불행인지 아는 사람은 다 아는 서점인이어서 직장 내 사물함과 창고에 보관하고 있는 상자들이 교정쇄와 가제본으로 넘쳐났다. 그 산더미 같은 원고 중에서 좋아 보이는 신간을 찾아내는 일은 자신과 서점을 위한 일이었다. 좋은 책을 발견하면 일단 기획안을 작성해 발주를 넣어야 하고, 출판사나 저자에게 서둘러 감상을 전하고 싶기도 했다.

책을 워낙 좋아해서 직업이자 취미가 되어버렸고, 보물이 가득한 산을 발굴하는 것 같은 기분으로 '종이 산'과 씨름을 벌이는 것은 즐거운 일이다. 하지만 쉬는 시간이나 귀가한 뒤 혹은 출근 전에도 책을 읽어야만 하기 때문에 늘 시간이 모자란다. 취미도 책, 일도 책인 나기사라도 밥을 먹고 잠도 사고 씻기도 해야 하니까. 가끔 트위터나 블로그도 운영해야 한다. 그래서 읽어야 할 교정쇄와 가제본을 항상 산더미처럼 곁에 쌓아두고 있던 터라 이동 시간에 일단 급한 것들을 읽을 요량이었다.

함께 넣은 책은 친하게 지내는 저자나 출판사에서 증정한 책과 직접 산 책들이었다. 교정쇄와 가제본을 집중해서 읽다가 피곤해지면 좋아하는 책을 읽으며 풀어야 한다. 덜컹거리는 차 안에서 가끔 창밖 풍경을 감상하며 느긋한 분위기로 활자를 좇는 모습을 상상해버리고 말았으니 책도 가져가야만 했다.

"왜 이렇게 멍청한 판단을 한 건지 한심해서 자괴감이 드는구나."

어깨를 늘어뜨린 채로 걸음을 내디뎠다. 일단 마을에 도착해야 했다. 차라리 혼자라서 다행이었다. 이런 바보짓을 누군가에게 들킨다면 창피해 죽을 것이다. 판단 실수의 원인은 아마도 마음이 들떠 있었기 때문이리라. 이런 실수는 아무에게도 들키고 싶지 않았다.

한 달 전의 일이었다. 생각지도 못하게 주말을 끼고 사흘간 휴가를 얻게 되어 잠시 여행이라도 다녀와야겠다고 생각했는데, 겨울에 멋진 합동 사인회가 열렸던 사쿠라노마치에 가고 싶었다. 행사를 진행하느라 제대로 보지 못했던 오후도 서점을 보러 가야겠다고 생각한 순간 설레기 시작했다. 이동하면서 쌓인 원고들을 읽을 수 있으니 일거

양득의 최고의 휴가가 될 거라 생각했다.

사쿠라노마치에는 가벼운 마음으로 다녀올 요량이었다. 별다른 연락 없이 아무에게도 알리지 않고. 오후도 서점에 가서 견학을 하고 젊은 점장 잇세이와 가벼운 담소를 나눈 뒤 홀가분하게 돌아올 예정이었다. 우사미 소노에를 위해 서점 사진을 찍어 와야겠다는 생각도 했다. 기념품도 찾아봐야지. 그녀와 함께 여행을 떠나고 싶었지만 둘 다 휴가를 낼 수는 없었다.

정말이지 훌쩍 갔다 훌쩍 돌아올 생각이었다. 어디까지나 가벼운 마음으로. 그냥 갑자기 생각나서 온 것일 뿐 큰 의미 같은 건 없다고. 혹시라도 예전에 가졌던, 아니 아직 살짝 남아 있는 마음을 잇세이에게 들켜서는 안 되었다.

게다가 무심코 한 말에 나기사의 정체(사실 온라인상으로는 잇세이와 오래 알고 지낸 '호시노카케스'라는 것)가 드러나는 일도 피하고 싶었다. 어디까지나 전 직장 동료로서, 단짝의 남자친구 후보를 보는 마음으로 상대해야만 한다.

'질척이는 건 아직 미련이 남은 것 같아 볼썽사납다고.'

잇세이는 나기사의 친한 친구인 우사미 소노에가 좋아하는 사람이고, 잇세이도 그런 소노에를 좋아하는 게 틀림없었다. 오래전부터 좋아하는 사람도 많았고 좋아해주는 사람도 많았던 연애 박사 나기사는 단박에 눈치챌 수 있었다. 두 사람이 너무나 잘 어울렸기 때문에 나기사는 그들 사이에 끼어들 생각은 없다. 그저 두 사람의 행복을 빌어주고 싶었다.

자신의 마음을 숨긴 채 마치 기사처럼 두 사람의 사랑을 시키다니, 꽤나 멋지고 근사하다, 나란 녀석! 그 모습을 상상하면서 스스로 흡족해했다.

평생 말 못 하는 사랑이라니 실로 문학적이고 아름답다. 할 수만 있다면 두 사람과 자신의 짝사랑으로부터 무조건 피하기만 할 것이 아니라 지금까지와 같이 소노에의 단짝으로, 잇세이의 전 직장 동료로 편하게 대할 수 있기를 바랐다. 이번 여행은 그러기 위한 시련이자 성장을 위한 여행인 셈이었다.

'이건 나와의 싸움이야.'

앞으로 두 사람 곁에서 말없이 지켜보고만 있어야 한다는 건 사실 조금 힘들고 어쩌면 슬픈 경험일 수도 있다는 것을 잘 알고 있다. 하지만,

'난 더 이상 어린애가 아니니까.'

나기사는 자타가 공인하는, 의외로(어디까지나 의외임을 강조한다. 나기사는 자신을 잘 알기 때문이다) 자제심이 강하고 현명한 사람이니 언젠가는 이 관계에 익숙해질 거라는 느낌이 들었다. 괜찮아질 것이다. 분명 그렇게 될 것이다. 만약 나기사에게 새로운 사랑이 찾아온다면, 누군가와 또다시 사랑을 할 수 있게 된다면 아마도 괜찮아지겠지.

"후보가 없는 건 아니지만."

한쪽 입꼬리를 살짝 올리며 웃어보았다. 삐딱하니 비정한 분위기로.

잇세이의 사촌 형인 요모기노 준야와는 그 후로도 딱히 진도가 나아가는 일 없이 그저 친구처럼, 아니 그보다는 조금 가까운 거리를 유지하면서 만나고 있다. 나기사가 뒤돌아보았을 때 싱긋 웃으며 서 있을 것만 같은 거리를 두고.

"준야가 태워다준다고 했을 때 괜히 거절했나 봐."

사쿠라노마치에 간다고 했을 때 준야도 잇세이가 보고 싶으니 함께 가자고 했던 것이다. 하지만 혼자 떠나고 싶은 여행이었기 때문에 나기사는 웃으며 단칼에 거절해버렸다. 정말 후회가 막심했다. 준야는 오래된 독일산 차를 몬다던데 어떤 차인지도 궁금했다.

"조수석이 아니라 어쩌면 운전대를 잡아볼 수 있었을지 모르는데."

후우, 하고 한숨을 쉬었다.

2월, 산길에는 오후의 투명한 햇살이 가득했고, 산새 소리도 이따금 들려왔다. 머리 위로 펼쳐진 하늘은 보석처럼 파랗고 아름다웠으며 깃털처럼 하얀 구름이 펼쳐진 모습은 그림 같았다. 겨울 산의 차분한 색채와 어우러져 완벽하게 아름다웠다. 그림 그리기를 좋아하는 친구 소노에가 함께 왔다면 황홀해했으리라.

그러나 아름다운 풍경을 길게 감상할 여유도 없이 나기사는 무거운 짐을 들고 계속 걸어야 했다. 짐만 없었다면, 새 옷이라 불편한 롱코트만 아니었다면, 굽이 높은 부츠가 아니었다면, 요컨대 평소처럼 털털한 옷차림이었다면 훨씬 쾌적하고 즐기운 여정이 되었을 텐데 하고 먼 산을 바라보며 생각했다.

"그래도 멋지게 차려입고 가서 잇세이와 만나고 싶었다고."

멋지게 차려입고 잇세이 앞에 선 자기 모습을 무심코 떠올렸다. 월급을 받아 약간 여유가 있던 차에 하필 백화점과 쇼핑몰에서 세일이 시작되었고, 하필 마음에 쏙 드는 멋진 코트와 부츠를 보고야 말았던 것이다. 잇세이를 유혹하려는 불순한 의도가 있었던 것은 절대 아니다. 그저 사복 차림으로 만난 적이 한 번도 없었기 때문에 멋지게 차려입고 등장하면 어떤 표정을 지을지 궁금했을 뿐이다. 아주 친한 사이도 아니고, 더구나 잇세이는 예의 바르게 거리를 두는 편이라 아마 평소와는 다른 모습으로 느닷없이 나타난 나기사를 보면 놀라겠지만 그렇다고 놀리거나 함부로 말할 사람은 아니었다. 멋지네요, 못 알아볼 뻔했어요, 하면서 부드럽고 차분하게 한두 마디 할 것 같다. 놀란 듯이 조용한 미소를 지으며.

그것으로 만족이다. 아니 오히려 그러지 않으면 곤란하다. 놀라는 잇세이를 한번 보고 싶었을 뿐이다. 잊혀간 시골 마을의 작고 오래된 서점의 계산대에서 마을 사람들과 이야기를 나누고 서가를 정리하는 잇세이를 방문해 조금 놀라게 해주고 싶었을 뿐이다. 아마 조금은 반가워하지 않을까 하고 생각했던 것이다.

"역시 미련이 남은 건가."

자기 연민 때문인지, 서글픔 때문인지 눈물이 고였다. 하늘을 올려다보며 눈을 깜박여 맺힌 눈물을 떨어냈다. 이런 순정만화 같은 기분은 버려야겠다고 생각했다. 바보 같은 데다, 만약 미련 때문에 잇세이에게 무의식적으로 다가갔다가 혹시라도 잇세이가 자신을 좋아하게 된다면 그것도 곤란하다. 무지막지하게 곤란하다.

'나는 절대 남의 소중한 것을 빼앗는 사람이 아니니까. 남의 것을 빼앗아 누군가를 울리고 싶지 않고, 그렇게 해서 행복해지고 싶지도 않다. 그런 일은 용서할 수도 있을 수도 없는 일이니까.'

나기사가 초등학교 4학년 때였다. 너무나 좋아했던 아빠, 유명한 편집자였던 나기사의 아빠 나츠노 고요가 자신과 엄마를 버리고 다른 여자에 가버린 것은.

그 일이 있기 전에는 아빠를 정말 좋아했다. 아름답고 멋진 책을 만드는 사람으로 마치 신처럼 존경하고 있었다. 집에 있는 많은 책으로 나기사를 키워준, 어쩌면 책에 관한 영재 교육을 시켜준 사람이라고 해도 좋을 것이다.

인간으로서 반드시 완벽하다고는 할 수 없었다. 성장하면서 알게 되었다. 나츠노 고요는 좋은 책과 베스트셀러를 연달아 세상에 내놓았지만 괴짜인 데다 충동적으로 행동하는 일이 많았고, 인간관계에도 좋고 싫음이 분명했다. 의리 있고 인정이 많지만, 냉혹한 판단으로 관계를 끊어버리는 냉정함도 있었다. 당연히 일을 잘한다는 평판은 들을 수 있었지만, 그로 인해 놓친 인연도 많았던 탓에 세월이 흐른 지금은 예전의 화려한 인맥을 잃어버린 것 같았다.

하지만 나기사에게는 하나뿐인 소중한 아빠였고 니그노 역시 끔찍한 딸 바보였다. 일 때문에 집에 들어오는 날이 드물었어도 외동딸인 나기사만큼은 눈에 넣어도 아프지 않을 정도로 아낌없이 사랑해주었다. 열이 나면 곁에서 밤새 한숨도 안 자고 차가운 수건을 이마에 올려 열을 식히고 땀을 닦아주었다. 아침에는 그 모습 그대로 세수만 하고 출근했을 정도였다. 너무 좋은 아빠였다. 아빠에게 사랑받고 있다고 생각했다. 그런 아빠가 나기사와 엄마를 배신하고 떠나버렸다.

"나는 절대 그런 사람이 되지 않을 거야."

좋아하는 사람을 배신하는 일도 하지 않을 것이다. 친구의 남자친구가 될지도 모르는, 아니 남편이 될지도 모르는 사람을 중간에서 뺏을 수는 없다. 외로워도 슬퍼도 두 사람 곁에서 그 행복을 지키고 기도하고 미소 짓는 사람이 되고 싶었고, 꼭 그렇게 될 것이다. 그렇게 다짐하고는 짐 무게로 빨개진 손으로 힘차게 주먹을 쥐었다. 호기롭게 하늘을 올려다보자 참았던 눈물이 주룩 흘러내렸다. 단지 한 줄기 눈물이었음에도 뺨을 타고 흘러내린 눈물이 겨울바람에 닿아 서늘함이 느껴졌다. 일단 짐을 내려놓고 고개를 숙여 눈물을 닦고 있는데, "무슨 일이야? 괜찮아?" 하는 소리가 들려왔다.

"왜 그래? 속상한 일이라도 있었니?"

귀에 익은 목소리였다. 너무나 소중한, 사랑하는 사람의 목소리이기도 했다. 하지만 두 번 다시 들을 수 없다고, 영원히 끝났다고 생각했던 사람의 목소리기도 했다.

황량한 겨울 들판에 서 있는 앙상한 나무 아래 덤불 속에 아빠가 앉아 있었다. 걱정스러운 눈빛으로 나기사를 올려다보며.

옛날에는 숱도 많고 검던 머리가 하얗게 세어 있다. 떡 벌어졌던 어깨와 등도 쪼그라든 것처럼 야위어 있다. 입고 있는 옷도 값싸 보인다. 예전에는 바다를 건너온 유명한 명품만 입었는데. 그럼에도 눈빛만큼은 변함없이 날카로웠는데 나기사를 바라보는 두 눈은 따뜻한 사랑으로 넘치고 있었다. 강하고 따뜻했다. 그리웠던 목소리와 똑같이.

"아빠가 왜 여기에 있는 거야?"

갑작스러워 목소리가 떨렸다. 입술도 떨린다.

아빠는 오랜만이다, 하며 어딘가 겸연쩍은 듯 말했다. 야윈 오른손을 힘겹게 들어 겨울바람에 날리는 머리를 긁적이며.

"너야말로 어쩌다 이런 곳에 있는 거니? 난 윗마을 서점에 볼일이 있어서 왔어."

"오후도 서점이요?"

"응, 요즘 화제라는 그 서점. 어떤 곳인지 한 번쯤 봐두려고. 산길을 30분만 걸어가면 된다기에 산책 겸 가벼운 마음으로 걷기 시작했는데 생각보다 머네" 하더니 과장되게 어깨를 들썩여 보인다.

"내가 나이 들었다는 걸 깜박했지 뭐냐. 반성하면서 잠시 쉬고 있었지" 하고는 짧아진 담배를 입으로 가져가며 웃는다. 미소 짓는 눈가에 장난기 어린 주름이 잡힌다. 활짝 웃는 모습이 나기사의 웃음과 닮아 있다. 나이 들고 야위긴 했어도, 웃는 얼굴만 보면 시대의 풍운아로 추앙받으며 세간의 화제가 되었던 시절의 아빠와 날라신 세 하나도 없다. 혈육이라서 그렇게 보이는지도 모르지만.

그건 그렇고 참으로 신출귀몰한 아빠라는 생각이 들었다. 하필 이런 순간에 나기사 앞에 나타나다니. 만나기로 약속한 것도 아닌데. 그것도 이런 산속에서.

생각해보니 둘이서 이렇게 이야기를 나누는 것은 아빠가 집을 나간 이후 실로 10여 년 만의 일이었다. 이것은 도대체 무슨 기적일까 싶었다. 물론 아주 안 좋은 기적. 두 번 다시 만나고 싶지 않았던 사람이었으니까. 하지만 '몸이 안 좋다고 들었는데 한겨울에 이 먼 곳까지 외출을 하고 등산도 할 정도로 건강해진 것 같네' 하는 생각이 들었다.

입원해 있다는 소식을 들었는데, 잘못 들은 것일까? 아니면 회복해서 퇴원한 것일까? 마음 어딘가에서 안도하고 있는 자신을 발견했다.

언제였던가. 아, 그렇다. 새해가 시작되고 얼마 지나지 않아 서점이 분주하던 때였다.

매년 새해가 되면 서점은 엄청나게 바빠진다. 세뱃돈을 들고 몰려오는 어린아이들과 부모들로 서점은 북새통을 이루고(물론 무척 감사한 일이지만), 연초에만 발행하는 잡지에 달력과 다이어리도 넘쳐난다. 가을과 겨울 사이에 간행된 화려한 표지의 문예지는 두꺼운 문고 히트작과 함께 여전히 평대를 지키고 누워, 아직 겨울방학 기분에

서 벗어나지 못한 손님들의 손길을 기다리고 있다. 사실상 한 해 중 가장 바쁜 연말인 12월이 그대로 연장되어 해만 바뀐 것이 1월이었다. 서점 직원에게 연말연시는 느긋하게 쉴 수 있는 시기가 아니다. 참고로 오봉(お盆, 매년 양력 8월 15일을 중심으로 치러지는 일본의 명절로, 조상의 영혼을 맞아들여 대접하고 가족의 건강과 안녕을 기원하는 날이다—옮긴이) 연휴도 마찬가지다. 모두 휴가를 얻어 느긋하게 쉬는 시기에 가장 바빠지는 직업 중 하나였다.

그러던 어느 날 오후, 서점이 어느 정도 한가해진 틈을 타 대형 출판사에서 일하는 영업 담당으로부터 "나츠노 고요 씨가 입원하셨다네요"라는 말을 들었다. 말의 내용보다 왜 자신에게 그 이야기를 하는지(자신이 나츠노 고요의 딸이라는 사실은 업무 관계로 만나는 사람들에게는 하지 않는다) 기분이 나빴는데, 그것이 표정에 드러났던 것일까, 그가 말을 덧붙였다.

"나츠노 고요 씨의 책을 좋아하는 것 같아서요. 벌써 알고 계셨어요?"

그러고 보니 아빠 책에 관해 이야기를 나누었던 기억이 떠올랐다. 이런저런 이야기를 나누다 우연히 나온 화제였다. 나츠노 고요의 전성기 때 책은 나기사에게는 어릴 적 서재에 꽂혀 있던 책이었고 존경하고 좋아했던(과거형이지만) 아빠가 편집한 책이었다. 베스트셀러로 당시 화제가 된 책들이었다.

그야말로 대박을 터트렸던 당시의 소설과 수필, 인기 작가들과의 대담집과 사진집이 서점에 넘쳐났고, 중고 서섬에서 엽기 판매를 할 정도였지만 지금은 대부분 중고 서점에서조차 사라진 책이 되어버렸다. 영화나 드라마로 제작되기도 해서 누구나 아는 책도 많았지만 시간의 흐름과 시대의 변화는 무정했다. 당시 아빠와 함께 히트작을 만들어낸 국내외의 소설가와 수필가도 지금은 전혀 화제가 되지 못했다. 아주 가끔 신문이나 주간지 칼럼에서 추억을 회상하거나 나이 듦에 대해 이야기하는 글을 만날 수 있는 정도였다. 모두에게 잊히고 사라져버렸다.

이 영업 담당이 일하는 출판사에도 아빠가 편집한 책이 많았다. 아빠는 처음 일하던 대형 출판사를 그만두고 다른 출판사에서 활약하다가 다시 그곳을 떠나 몇몇 출판사를 거치고는 마침내 지금의 출판사에 정착해 일하고 있었다.

오래된 책은 당연히 모두 품절 상태로 증쇄는 미정이었지만 신간은 여전히 나오고 있다. 예전처럼 자주 나오거나 그 수가 많지는 않다. 선전을 제대로 하지 않아 화제에 오르지도 않는다. 저자들에게는 미안하지만 고만고만한 작가들이라는 이유도 있다.

이제 곧 정년퇴직을 바라보는 출판사 영업 담당은 화려했던 시절의 아빠를 기억하고 있었는데, 아마도 청춘을 함께한 '좋은 시절'의 기억이었던 것 같다. 업계에서 유명한 카리스마 서점인인 나기사가 전성기 시절의 나츠노 고요가 편집한 책을 다 알고 있는 데다 대부분 읽었다는 사실을 알고는 반가워하던 그의 표정을 기억한다.

입원했다는 말을 듣고, 그런 사람에게 관심 없다고 말하려 했지만 그래도 마음이 쓰이는 건 사실이었다. 나기사는 고맙다고 말하며 물었다.

"어디 아픈 거야?"

나기사는 상대가 자신보다 나이가 많더라도 고객이나 일부 몇몇 사람을 빼고는 반말을 한다. 원래 그런 사람이라는 걸 다 알고 있어서 달리 문제가 되는 일은 없다.

"자세한 건 말씀드릴 수 없지만 그다지 좋은 상태는 아닌 것 같더 군요."

무거운 화제라서 일부러 가볍게 말하는 모양이었다. 아니면 자세한 사정을 알고는 있지만 입에 담기 껄끄러웠던 걸까. 하지만 말끝과 눈가에 깊은 감정이 스며들어 있었다.

"그렇구나."

그것은 나기사도 마찬가지였음이 틀림없다. 영업 담당에게 등을 돌리고 문고 서가를 정리하면서 "나츠노 고요도 운이 다한 모양이네" 하고 심드렁하게 말했다.

그런 것 같네요, 하고 영업 담당이 말을 이었다.

"그도 그냥 보통 사람이었네요. 남들처럼 나이가 들다니."

탄식과 부드러운 미소가 밴 듯한 목소리가 등 뒤에서 들려왔다. 영업 담당은 새해 인사를 하러 왔기 때문에 다음 달 신간에 대해 잠시 이야기를 나누고는 업무에 방해가 되지 않도록 금방 돌아갔다. 나기사도 평수처럼 이야기를 나누고 배웅했지만 그의 뒷모습이 인파에 휩쓸려 서점 문을 나서는 순간 다시 불러 세울까 하고 아주 잠시 망설였다. 나츠노 고요가 어디에 입원했는지, 병원 이름을 물어볼걸 그랬나 싶었던 것이다. 실제로 병문안을 갈지 여부는 제쳐두고라도 그 정도는 알고 있어야 할 것 같았다.

과거의 영광이 바래버린 아빠였다. 병문안을 오는 사람도 별로 없을 것이다. 예전에 사랑하던 젊은 애인, 나기사와 엄마를 버린 원인이었던 두번째 아내에게는 이미 오래전에 버림받았다. 아름답고 재능 있는 그녀는 꽃의 도시 파리에서 새 남편과 아들과 함께 화려하게 살고 있다. 자신이 버린 남자 따위를 떠올릴 일은 없을 것이다. 로맨티스트이면서 자존심이 강한 아빠는 이제 와 그녀에게 연락할 생각은커녕 그저 쓸쓸한 미소와 함께 그녀의 행복을 빌고 있을 게 틀림없다.

입원 준비는 혼자서 했을까. 아픈 몸으로. 병에 대한 설명도 의사에게 혼자 들었을까. 무슨 병일까. 안 좋은 상태라고 하던데. 이런저런 상상을 하다 보니 아빠가 처량하게 느껴져 속이 상했다. 대단했던 나츠노 고요가 말이다.

엄마와 단둘이 쫓기듯 집을 떠나온 날로부터 지금까지를 생각하고도 아빠가 처한 상황에 가슴 아파하다니, 참으로 속없는 것 같아 멈칫했다. 용서해야 하나, 용서할 수 있나, 마음속에서 따져 묻는 자신이 있었다. 어린 나기사가 지금의 나기사를 노려보고 있는 것을 느꼈다.

실제로는 아주 짧은 순간이었을 것이다. 주저하던 나기사가 영업 담당을 부르려 입을 열었을 때는 양복 차림의 영업 담당은 인파 속으로 사라져버리고 없었다.

'정 궁금하면 나중에라도 출판사 쪽에 물어보자. 병원 이름쯤은 알려주겠지.'

영업 담당에게 메일이나 전화로 묻는 방법도 있기 때문에 나기사는 일단 업무로 돌아갔고, 그 후 지금껏 나츠노 고요가 입원해 있는 병원이 어딘지, 병세나 병명에 대해서도 묻지 않았다.

그랬다가는 왠지 만나러 가야만 할 것 같아서 물을 수 없었다. 스마트폰을 쥔 손이 멈추며 온몸이 무겁게 느껴졌다.

다행인지 불행인지 나기사는 일하느라 늘 시간에 쫓겼고 새해가 되자 한층 바빠진 데다 오후도 서점에 행사도 있어서 그것을 핑계 삼아 아빠에게서 눈을 돌린 채 지내고 있었다.

'뭐야, 멀쩡하잖아. 걱정한 내가 바보였어.'

아빠는 부쩍 숱이 적어진 머리칼을 겨울바람에 날리며 홀가분한 듯 밝은 표정으로 하늘을 바라보고 있었다.

이상한 일이었다. 자신과 엄마를 배신하고 버리고 간 사람이다. 한없이 불행해지고 고독해져서 눈물 흘리면 좋겠다고 생각했는데 이렇게 태연하게 멀쩡한 모습으로 나타나니 오히려 마음이 놓였다.

'하긴 천하의 나츠노 고요에게 병원의 침상은 어울리지 않으니까.'

나츠노 고요라는 편집자는 언제까지고 고고하고 거만해야 한다. 무슨 일이 있어도 태연하게 웃으며 고개 들고 있는 아빠이길 바랐다.

'하지만…….'

나기사는 허리에 팔을 올리고 짧게 탄식했다. 이제 어떻게 해야 하나?

"아빠."

"응? 왜?"

"사쿠라노마치에 갈 거면 슬슬 출발해야 할 것 같은데."

"아, 그렇지."

아빠는 맨손 체조라도 하는 사람처럼 힘차게 팔을 저으며 자리에서 일어섰다. 들고 있던 휴대용 재떨이에 담배꽁초를 넣더니,

"충분히 쉬었으니 슬슬 가보자꾸나."

"가보자라니? 지금 나랑 같이 가겠다고?"

슬며시 화가 났다. 아빠가 놀라며 상처받은 것 같은 표정으로 조금은 매달리듯 다시 물었다.

"같은 곳에 가는 거잖니? 안 돼?"

"안 될 것까진 없지만……."

아빠의 그런 표정은 본 적이 없었다. 외로워 보이는 아빠도, 쇠약해진 아빠도 기억에 없었다.

눈에 띄게 숱이 줄고 희끗희끗해진 머리카락도, 야윈 어깨와 팔다리도 나기사가 알던 그 사람이 아니라 마치 딴사람 같았다.

"솔직히 내키지는 않지만 노인을 산에 혼자 두고 갈 수 없는 노릇이니 같이 가주는 거라고."

"정말? 고마워."

아빠는 이내 표정이 밝아졌다. 재빨리 다가와 나기사의 보스턴백을 들려 했다.

"무거워 보이니 내가 들고 갈게."

"아유, 됐어. 됐다니까."

나기사는 가방을 힘껏 들어 올려 어깨에 척 둘러멨다. 마치 뼈만 남은 사람처럼 야윈 아빠에게 이렇게 무거운 짐을 들게 했다가는 다치는 건 문제도 아니다. 뼈가 한두 군데 부러질 수도 있었다. 나기사는 아빠를 가볍게 째려보았다.

"몸져 누워 있다 이제 막 자리 털고 일어난 사람이 왜 이래? 무리하지 말고 그냥 걸어주는 게 돕는 거야. 그건 그렇고 언제 퇴원한 거야?"

아빠는 니코틴에 전 입술을 움찔하더니 웃어 보였다.

"퇴원 안 했어."

"뭐? 그럼 도망 나온 거야?"

아빠는 어깨를 으쓱했다.

"뭐 그런 셈이지."

"아, 진짜."

나기사가 소리쳤다. 아빠는 그런 전과가 수두룩했다. 술과 담배에 절어 살았고, 먼 길을 마다 않고 저자를 찾아다니며 잠자는 시간까지 줄여 일하면서도 "나는 괜찮다"는 말을 입에 달고 살았지만, 이따금 건강 악화로 피를 토하고 입원하기도 했다. 병실에서까지 일을 했고 몰래 빠져나와 저자나 디자이너를 만나 회의를 했다. 한밤중에 택시를 불러 인쇄소까지 가기도 했다.

"이러다 돌아가셔도 책임 못 집니다" 하고 의사와 간호사들에게 혼날 때 엄마는 울었다. 나기사는 어렸기 때문에 아빠의 그런 모습을 멋있다고 생각했고 응원까지 했다. 지금은 엄마와 병원 사람들의 마음을 이해할 수 있다. 자신도 어른이 되었다고 느꼈다.

'그보다…….'

사람은 누구나 죽는다는 것을 지금은 알고 있다. 아빠 역시 그중 하나라는 사실도. 어린 나기사에게 아빠는 무적의 슈퍼맨 같아서 아무리 힘들어도 죽지 않을 것 같았지만, 이제 나기사는 그런 꿈에서 깨고 말았다.

무엇보다 지금 눈앞에 있는 나츠노 고요는 병치레를 하며 실제 나이보다 훨씬 늙어 보이는 노인일 뿐이다. 바람이 불면 날아가버릴 것 같은.

나기사는 미간을 찌푸리며 이마에 손을 대고 곰곰이 생각한다. 아직 날이 밝다고는 해도 찬바람이 조금씩 불기 시작했기 때문이다. 이제 막 병상에서 일어난 노인을 어서 따뜻한 곳으로 데려가야만 한다.

'저 가는 다리로 계속 산길을 걷게 해야 하나.'

넘어져 다리를 삐거나 부러지지는 않을까. 잘못해서 벼랑으로 떨어지진 않을까. 이제 막 병원을 빠져나올 만큼 건강해졌는데 여기서 다친다면.

'내가 함께라면 살펴가며 갈 수는 있겠지만.'

그렇다면 무거운 짐을 들고 가는 자신의 느린 걸음에 맞춰야 한다.

'흐음.'

나기사는 잠시 눈을 감더니 에잇 하고 가방을 땅에 내려놓았다. 나중에 찾기 쉽도록 표지가 될 만한 큰 나무 아래 두었다. 메마른 수풀의 파도 속에 가만히 잠재우듯. 그러고는 고개를 한 번 끄덕이더니 아빠를 쳐다보았다.

"아빠, 내가 업고 갈게. 그게 빠를 거야."

아빠의 놀란 표정을 보며 무의식중에 자신의 입가에 미소가 번지고 있음을 깨달았다.

아빠를 업고 무거운 짐까지 들고서 산길을 오를 수는 없었다. 그렇다면 짐을 두고 가는 수밖에 없다. 야위었다고는 해도 어른 몸무게는 만만치 않으니 쉬엄쉬엄 가면 될 것 같았다. 산 지 얼마 되지도 않은 가방을, 심지어 명품인데 그냥 땅바닥에 두자니 머뭇거려졌다. 그보다 빼곡하게 채워 넣은 원고와 책을 발밑에 내려놓는다는 사실에 왠지 천벌을 받을 것만 같았다. 보물이 가득 든 가방을 두고 가자니 살을 에는 아픔이 느껴졌다.

교정쇄와 가제본은 책이 간행되기 전에는 아무나 읽을 수 있는 것이 아니다. 함부로 굴리지 않는다는 전제하에 출판사가 믿고 맡긴 것이라고도 할 수 있다. 그런 것을 인적이 드문 산길이라 해도 그냥 두고 가는 것이 도무지 내키지 않았다.

'금방 데리러 올게.'

나기사는 가방 안에 들어 있는 수많은 이야기들에게 마음속으로
약속했다. 오후도 서점에 아빠를 데려다주고 혼자서 짐을 찾으러 오
자고, 그때는 뛰어서 오겠다고 다짐했다.

아빠에게 등을 보이며 몸을 숙이고는 "업혀" 하고 말하며 뒤돌아보
았다.

누군가를 업는 일에 익숙한 것은 함께 자란 소노에가 자주 넘어지
거나 다치는 아이였고, 일하다 보면 길 잃은 아이를 업는 일도 더러
있었기 때문이다. 그래서 별 고민 없이 업겠다고 한 것이다. 하지만
아빠는 그런 건 상상도 못 했던지 숱이 적어진 머리에 손을 올리고는
"괜찮을까? 업혀도 되는지 모르겠다. 젊디젊은 아가씨에게 이런 고생
을 시키다니" 하며 히죽히죽 쑥스럽게 웃는데, 나기사는 "됐으니까 빨
리 업히라고" 하며 눈을 부라리면서 웃고 있는 아빠를 노려보았다. 서
둘러 이곳으로 다시 돌아와야 하는데 그사이 짐이 눅눅해져버릴까 봐
짜증이 났다.

"알았다, 알았어."

아빠는 유쾌하게 웃더니 나기사에게 두 손을 모아 인사를 하고는
등에 업혔다.

따뜻한 온기와 함께 은은하게 풍겨오는 향기.

'아라미스였나?'

아빠 서재에 있던 오래된 향수병을 떠올린다. 이끼와 가죽과 꽃향기였다고 기억한다. 세련된 멋쟁이에 누가 봐도 인기가 많을 것 같은 남성에게 나는 그런 향기로, 이제는 고풍스러운 향기라고 할 수 있을 것이다. 보통 길에서 마주치는 사람들에게서는 맡을 수 없었다. 하지만 오래전 아빠에게는 너무나 잘 어울리는 향기였다. 입가에 미소를 띠고 어깨로 바람을 가르며 시대의 첨단을 걷던 아빠에게.

많은 추억이 떠올라 입을 앙다물며 일어섰다. 하나 둘 셋 하고 아빠를 추켜올려 자세를 바로잡고 앞을 향해 걸음을 뗐다. 하지만 나기사는 그만 몸을 가누지 못하고 비틀거렸다. 처음 업어본 아빠가 너무 가벼워서였다.

"왜?"

등 뒤에서 목소리가 들려왔다.

"아니 그냥, 갑자기 이시카와 다쿠보쿠의 시조가 생각나서."

장난삼아 어머니를 업어보고

너무나 가벼움에 목이 메어

세 걸음을 못 옮겼네

이시카와 다쿠보쿠가 읊은 시와 상황이 똑같다고 생각하자 웃겼다. 엄마가 아니라 아빠였지만. 나기사는 이시카와 다쿠보쿠를 좋아하는 편은 아니었지만(뭔가 눈물샘을 자극하는 시가 많아서 진부했고 낭비벽과 표리부동한 성격이 마음에 들지 않았다), 지금은 그 시가 사무치게 다가왔다. 그가 요즘 시대의 시인이라면 서점에 그의 코너를 만들어 추천하고 싶어졌고, 그의 작품에서처럼 그와 함께 해변에서 게와 장난을 치고 싶어질 정도였다.

'젠장, 심금을 울리는 시로군, 이시카와 다쿠보쿠.'

쓴웃음을 짓고 있는데 아빠가 말을 걸어왔다.

"그래? 그렇게 가벼웠어? 세 걸음도 못 옮길 정도로?"

"그러게, 세 걸음보다는 더 걷고 있지만. 너무 말랐어, 아빠."

나기사는 웃으며 걷기 시작했다. 이 가벼움은 서글프지만 겨울 산길을 서둘러 가야 하는 지금은 오히려 고마운 일이 아닐 수 없다. 조금 전까지 메고 있던 보스턴백에 비하면 나풀거릴 정도로 가벼워서 전혀 무게를 느낄 수 없었다. 누군가를 업고 있다는 사실이 믿기지 않을 정도였다. 아빠는 나기사의 등에서 흔들리며 태평하게 말했다.

"그렇구나. 가볍구나. 요즘에는 트레이닝도 안 가고 조깅도 안 하는데."

아빠가 젊었을 때는 외모에 항상 신경을 썼기 때문에 안 그래도 모자란 잠을 더욱 줄여가며 이른 아침에 조깅을 했다. 정말이지 그 당시 아빠는 무한한 체력의 소유자처럼 보였다. 잠을 자지 않고 쉬지 않고도 살 수 있는 사람처럼. 가끔 쓰러져 병원에 실려 가는 일이 있어도 매번 건강하게 집으로 돌아오는 사람이었으니까. 나기사는 코를 훌쩍이며 웃었다.

"내가 힘이 세서 그럴 거야. 이래 봬도 힘 쓰는 직장에서 일하지, 검도도 하지, 항상 움직이니까 근육이 발달해서 그래."

아빠는 아무 말도 하지 않았지만 등 뒤에서 환하게 웃고 있는 것 같았다. 이윽고 노을이 지기 시작했고 겨울 하늘 구름 사이에서 아름다운 빛이 새어 나왔다. 종교화에서 본 것 같은 은은한 광선, 틈새 빛살이 새어 나오는 것을 보고 걸으면서 나기사는 정신을 빼앗겼다. 완만하게 경사진 오르막길 앞으로 빛이 쏟아지고 있었고, 이대로 걸어가면 천국에 가 닿을 것만 같은 착각마저 들어 현기증이 났다.

"괜찮니?"

아빠가 물었다.

"응? 뭐가?"

"아까 울고 있었잖아. 말하기 싫다면 더 이상 묻지 않겠지만 혹시라도 하소연을 들어줄 사람이 필요하다면 내가 들어줄게."

아니 물론 나 같은 사람한테 말하기 싫다면 안 해도 된다고 빠른 어조로 덧붙였다. 그제야 나기사는 깨달았다. 아빠가 자신을 걱정하고 있다는 사실을.

'함께 가자고 한 건 아까 울고 있던 내가 걱정돼서 그런 거구나.'

마음 깊숙이 얼어 있던 곳이 따뜻하게 녹는 기분이 들었다. 그랬다. 그 옛날 함께 살던 시절에도 나기사가 풀이 죽어 있거나 울고 있으면 지금처럼 똑같이 물었다.

"괜찮니?" 하고.

"니만 괜찮다면 아빠한테 얘기해봐."

나기사 곁에 자세를 낮추고 따뜻하고 끼다란 손으로 머리와 뭉을 쓰다듬어주었다. 아라미스 향수 냄새가 났다.

"괜찮아."

나기사는 애써 밝은 목소리로 대답했다.

"눈에 뭐가 들어가서 그랬어."

"그렇구나."

"응."

나기사는 아빠를 업은 자세를 다시 추스르고 틈새 빛살이 쏟아지는 하늘을 올려다보며 다시 걷기 시작했다. 이제 곧 사쿠라노마치에 도착할 것이다. 아까까지 들고 있던 무거운 짐을 내려놓아서일까, 올려다본 하늘은 환상적일 정도로 아름다웠다.

하늘은 황홀하게 아름다웠고 등에 업은 아빠의 온기와 아라미스 향수 냄새가 은은하게 풍겨왔다. 너무나 그립던 향기.

그리고 너무도 가벼운 아빠 때문에 마치 꿈을 꾸고 있는 것 같다는 생각마저 들었다. 하긴 때마침 이곳에서 아빠와 만난 것 자체가 거짓말 같았다.

'어?'

걸음을 멈췄다.

설마, 설마, 그럴 리는 없겠지만 아빠는, 지금 업고 있는 아빠는 산 사람일까? 작년 여름 야나기타 점장이 이 산길에서 겪은 신비한 체험을 떠올렸다. 그 하룻밤 꿈 같던 이야기. 이미 이 세상 사람이 아닌 사촌 누나와 만나고, 죽은 새끼 고양이에게 따뜻한 말을 듣고, 아침 하늘을 나는 아름다운 요정을 보았다고 했던.

긴가도 서점 창고에서 점장으로부터 그날 밤 이야기를 들었을 때는 어디까지가 진짜인지 몰라 반신반의하며 들었지만 지금 이렇게 산바람이 부는 가운데 빛이 쏟아지는 하늘과 숲에 둘러싸여 걷고 있자니 사람은 때로 신비스러운 일을 경험할 수도 있다는 사실에 마음이 경건해졌다.

사쿠라노마치도, 이 산도, 시린 겨울바람도, 뭔가 신비하고 알 수 없는 힘으로 가득 차 있는 것 같았다. 마치 마법처럼.

보이지 않는 요정이나 절대자 같은 존재가 자연 속에 머물며 인간을 지켜주고, 마음속에 묻어두었던 소원을 들어주는 것 같은, 그런 따뜻한 시선을 느꼈다. 아마 너무 힘든 나머지 환영을 보는 것일지 모른다는 생각과 함께.

"왜?"

아빠가 물었다.

"별거 아니야."

"뭔데? 뭔데?"

"아빠, 다리 있어? 혹시 유령 아니야?"

잠시 침묵이 흐르더니 갑자기 아빠는 호탕하게 너털웃음을 터트렸다. 그러고는 업힌 채로 다리를 앞으로 쑥 내밀어 보였다.

"긴 다리라면 아직도 건재하지."

"그래. 맞네."

나기사도 웃으며 자세를 추스르고 다시 산길을 걷기 시작했다.

"맞아. 아빠는 끈질긴 사람이니까 그리 쉽게 죽지는 않을 거야, 그렇지?"

"당연하지. 날 뭐로 보는 거냐? 천하의 나츠노 고요라고."

목소리에서 예전처럼 힘이 느껴지지 않는다. 소리도 무척 작았는데 목이 아픈 건지, 나이가 들어서 그런 건지 약간 쉬어 있다. 하지만 눈빛만큼은 예전처럼 빛나고 있다는 것을, 입가에 무적의 미소를 짓고 있다는 것을 나기사는 느낀다. 보이지 않아도 알 수 있었다.

그렇게 두 사람은 자잘한 이야기를 나누며 겨울 산길을 걸었다. 예전 일로 응어리진 것이 없다면 거짓말일 것이다. 그리 간단히 잊힐 일은 아니었지만 아빠와 딸의 오붓한 산길, 늙고 야윈 아빠를 업고 가는 산길이었다. 아무튼 이야기가 끊이지 않았다. 이야기를 나누는 건 다름 아닌 아빠와 딸, 하물며 같은 업계에 종사하는 동지였다. 신이 날 수밖에 없었다.

겨울 하늘 아래 나기사는 이따금 웃기도 하며 걸었다. 나츠노 고요라는 편집자는 달변가인 데다 위트가 넘쳐서 나기사를 웃게 만들었고, 때로는 너무 웃긴 나머지 멈춰 서서 숨 고르기를 해야만 했다. 웃으며 흘린 눈물에 기분 좋은 산바람이 차갑게 스며들었다. 나기사는 하얀 입김을 내쉬며 높은 하늘을 올려다보았다. 노을이 만들어낸 아름다운 색채에 정신이 팔려 있다가 문득 즐겁다는 생각이 들었다. 행복하다는 생각도 했다.

그런 생각을 하는 자신이 못마땅해 잠자코 다시 걷기 시작했지만, 열 살 꼬마일 때처럼 또다시 사이좋게 이야기를 나누고 싶다고 소원해왔음을, 잃어버린 아빠를 다시 찾고 싶어했음을 깨닫고 말았다.

동시에 그것은 자신의 패배라는 생각도 들었다. 열 살이던 그날로부터 아빠를 잊고 살아가겠다고, 함께 버려진 엄마를 자기 손으로 지켜주겠다고 다짐했던 그날로부터 지금까지 살아온 자신의 패배라는 생각이 들자 이가 갈렸다. 나기사는 스스로에게 배반당한 것이다.

입을 닫아버린 나기사에게 아빠는 계속해서 혼자 떠들다가 무슨 생각이 들었는지 불쑥 "근데 너 언제부터 '아빠'라고 불렀어? 어릴 때는 '파파'라고 불렀잖아?"라고 물었다.

천연덕스러운 목소리에 화가 났지만, 순간 빛 속에 어린 날의 자신이 아빠를 그렇게 부르며 아빠를 향해 뛰어가는 모습과, 환하게 웃는 얼굴로 몸을 낮추고 양팔을 벌려 딸을 기다리는 아빠의 모습을 본 것만 같아서 아무 말도 하지 않았다. 한순간에 스쳐 지나간 그 환영은 현기증이 날 정도로 그리우면서, 서럽고, 아련했다. 아빠가 말을 이었다.

"내가 가장 좋아하는 소설이 뭔지 아니? 세상에서 제일 좋아하는 소설."

"글쎄."

예전에 말했던 그 소설일 거라 짐작하며 심드렁하게 대꾸했다.

"폴 갈리코(미국의 소설가. 《흰 기러기》가 세계적인 베스트셀러가 되면서 오 헨리 상을 받았다. 스물네 마리의 고양이와 함께 생활한 애묘가이며 재난 영화의 효시인 〈포세이돈 어드벤처〉의 원작자다—옮긴이)가 쓴 《일곱 인형의 사랑 이야기》야. 그런 책을 만들고 싶었는데 놓치고 말았어."

기억하고 있다. 잊으려야 잊을 수 없다. 아빠는 자신이 편집한 수많은 베스트셀러와는 결이 다른 폴 갈리코의 작품을 무척 좋아했는데 그중에서도 《일곱 인형의 사랑 이야기》를 마음에 들어했다. 자주 들어서 익히 알고 있었고, 그 책은 아빠 서가에도 있었기 때문에 여러 번 읽었다. 좋은 작품이었다. 사랑스러운 인형들이 활약하는 이야기로, 어릴 때는 이야기의 의미를 깊이 생각하지 않고 재미있게 읽었다.

특히 빨간 여우 인형 레이나르도를 좋아했는데 자신도 아끼는 아기 여우 인형이 있었기 때문이다. 아빠가 독일의 한 장난감 가게에서 사다 준 인형이었는데 나기사는 보자마자 첫눈에 반하고 말았다. 초등학교 1학년 때로 기억한다.

씻거나 학교에 갈 때 말고는 항상 가지고 다니며 많은 이야기를 나눴다. 시시콜콜한 이야기까지 다 했다. 소노에와 만나 친구가 되기 전까지 제일 친한 친구라고 하면 그 아기 여우 인형이었다. 안타깝게도 너무 오래전 일이라 지금은 가지고 있지 않다. 초등학교 2학년 여름, 해수욕장에 가지고 갔다가 잃어버리고 말았다.

인형을 만든 독일의 완구 회사가 도산하는 바람에 그 귀여운 아기 여우 인형을 구할 수 없어 갖고 싶어도 더 이상 이룰 수 없는 꿈이 되었다. 당시 아기 여우 인형을 잃어버리고 매일 우는 나기사를 위해 아빠는 사방팔방으로 찾아다녔지만 결국 구하지 못했다. 아직 어린, 꿈꾸는 소녀였던 나기사는 소중한 인형이 자신을 떠난 사실이 도무지 믿기지 않았고 언젠가 반드시 돌아올 것이라 믿었다.

나기사의 상상 속에서 아기 여우 인형은 영혼이 있고 말도 할 수 있었다. 성격도 레이나르도와 어딘가 닮았던 것 같다. 그래서《일곱 인형의 사랑 이야기》는 한때 나기사도 무척 좋아하는 작품이었다.

'하지만…….'

나기사는 자신이 벌레 씹은 표정이 되는 것을 느꼈다. 어른이 된 나기사에게 그것은 '열 받는' 이야기였다. 아무리 인형들이 귀엽다 해도 그 책을 읽고 화가 나는 독자는 아마 자신만이 아닐 것이며, 여성 가운데 특히 많을 것이라 생각했다.

줄거리를 아주 간단히 말하자면, 망나니 인형 조종사가 천사처럼 순진한 주인공 소녀와 만나 많은 일을 겪다가 이윽고 구원받는다는 이야기다.

불행한 환경에서 태어나 사랑받지 못하고 자란 남자는 다른 사람을 사랑하는 마음이 눈곱만큼도 없는 악마 같은 남자다. 그가 어느 날 밤 깡마른 소녀를 만나 충동적으로 자신의 인형극단 배우로 채용한다. 그러나 그는 인형극을 할 때 말고는 소녀를 잔인하게 함부로 대한다. 소녀의 천진무구한 성격에 화가 나 일부러 극악무도한 짓을 일삼 았다.

그러나 남자에게는 사실 사랑과 보살핌을 갈구하는 순수한 마음도 있었는데, 자신도 깨닫지 못하는 그 애달픈 마음이 그가 조종하는 인형들 속에 스며들어 소녀의 마음의 친구가 되어 부드럽게 사랑을 노래한다는 이야기다. 여기에 일곱 인형이 등장한다. 착한 요정 소년과 똑똑하고 귀엽지만 마음을 놓을 수 없는 여우, 오지랖 넓은 아주머니와 제멋대로인 소녀, 점잖은 거인에 펭귄 박사와 온화한 노신사까지.

소녀는 켈트족의 후예(고대 켈트족의 후예로 알려진 민족은 북프랑스의 브르타뉴, 영국의 웨일즈와 콘월, 맨섬, 스코틀랜드, 아일랜드가 있으며 켈트 신화는 해리포터의 모티브가 되었다—옮긴이)로 신비와 마법을 믿는다. 자신에게 말을 거는 인형들에게 영혼을 느끼고 마음을 열면서 인형들을 사랑하게 된다. 언제부터인가 인형들 뒤에 있는 인형 조종사의 마음을 알게 되고 인형들이 상징하는, 다양한 측면을 가진 그를 사랑하게 된 자신을 깨닫는다. 소녀에게 진실한 사랑을 고백 받은 남자는 그로 인해 마치 《미녀와 야수》의 야수가 마법에서 풀려나듯 착한 심성을 되찾아 구원받는다는 이야기다.

언뜻 로맨틱하고 아름다운 동화 같은 이야기지만 인형 조종사의 언행이 지금의 나기사에게는 무척 열 받는 일이었다.

'그토록 잔인하게 굴었으면서 소녀가 용서했으니 다 잘된 거라고?'

나기사는 분개했다.

남자라는 생물은 복잡해서, 일곱 인형은 각기 한 남자의 다양한 측면을 표현한 것이다. 즉 인형 모두가 한 남자라는, 인형 하나하나가 남자의 분신이라고 호소하는 부분도 마음에 안 든다.

'쳇, 남자만 복잡한가?'

어쨌든 인형 조종사가 소녀에게 한 짓은 엄연한 폭력이고, 혹여 그 영혼에 선함이 있다 하더라도 그런 놈은 차버리는 게 낫다고 생각한다. 아무리 천사 같은 마음을 가진 주인공이라 할지라도 이런 난봉꾼을 사랑하고 용서하고 구원할 필요 따위는 없다고 분개했다.

마법과 현실, 현실과 신비의 세계가 공존하는 것 같은 갈리코의 세계관을 무척 좋아하고, 특히 《토마시나》와 《피터의 고양이 수업》 같은 작품을 좋아하지만 《일곱 인형의 사랑 이야기》만큼은 도무지 받아들이기 힘들었다. 아빠의 애독서라는 점도 한몫해서 더욱 싫기도 했다. 그 이야기를 정말 싫어하게 된 것은 아빠가 가족을 버린 때와 맞물렸다.

복잡하고 난폭하고 나약한 인간이지만 애정이 많은 사람이니 용서해줄 거라고, 용서해달라고 아빠가 당당하게 말하는 것 같아서 화가 났던 것이다.

이윽고 숲 너머로 사쿠라노마치의 민가가 나타났다. 멀리 트럭이 달려가는 것이 언뜻 보였다. 사람 사는 분위기가 물씬 풍겨왔다. 도로 끝에는 마을 사람들로 보이는 모습도 있었다.

'아이고, 드디어 도착했구나.'

나기사는 잠시 숨을 돌렸다. 안도와 함께 마음 깊은 곳에는 입맛의 서글픔이 자리하고 있었다. 느닷없이 나타난 아빠를 업고 함께 가는 시간도 여기까지다.

'생각해보면 화가 나기도 하지만.'

결과적으로는 즐거웠다. 업혀 있던 아빠가 갑자기 말했다.

"고맙다, 여기서 내려줘."

따뜻한 손이 어깨를 가볍게 토닥였다. 나기사가 멈춰 서자 아빠는 거의 뛰어내리다시피 등에서 내리려 했다.

"갑자기 뛰어내리면 다쳐."

나기사는 아빠의 가느다란 다리가 부러져버릴까 봐 순간 날카롭게 쏘아붙이고 말았다.

"괜찮아."

이제부터는 혼자서도 걸을 수 있다며 아빠는 폴짝 뛰어내렸다. 담배와 아라미스 향수 냄새가 은은하게 풍겨왔다. 아빠는 허리에 손을 올리고 기지개를 켜더니 웃었다. 겨울 하늘 아래 서 있는 아빠를 보자 노환으로 쇠약해졌을지언정 당당한 모습은 역시 전설의 편집자 나츠노 고요였으며, 자신이 간병인처럼 군 것이 조금 미안해졌다.

"이제 가볼까?"

아빠는 긴 다리로 성큼성큼 걷기 시작했다. 나기사를 두고 갈 것 같은 기세로 사쿠라노마치를 향해 걸었다. 아빠가 걷는 길은 산길이 아니라 마천루가 솟은 화려한 도시의 아스팔트 길 같았다.

"기다려."

나기사는 하얀 다운 롱코트를 바람에 날리며 뒤를 따라 걸었다. 이렇게 아빠의 뒤를 따라가는 게 도대체 얼마 만인지 생각하면서. 마치 어린 시절로 돌아간 것만 같았다.

마을 어귀에 서 있던 사람들은 알고 보니 지난번 합동 사인회 행사 때 많이 도와준 무리였다. 길에 서서 이야기를 나누다가 나기사가 고개 숙여 인사하니 멀리서도 한눈에 보일 정도로 환하게 웃으며 손을 크게 흔들어주었다. 이 마을 사람들은 인정이 많고 한번 정이 든 여행자를 잊지 않는 것 같다.

한편 아빠는 길가에 선 사람들이 보이지 않는 양 마을 쪽을 향해 성큼성큼 걷기만 한다. 그러고는 마을 사람들을 지나쳐 가면서도 본체만체 제 갈 길만 가는 것이었다. 아마도 목적지인 오후도 서점을 향해 가는 것이리라. 여행에 익숙한 아빠는 서점 위치를 미리 파악해두었을 것이다. 드디어 화제의 서점이 가까워지니 한시라도 빨리 가고 싶어 조급했는지도 모른다.

목적지가 있을 때 아빠는 다른 것에 한눈을 팔지 않는다. 거리낌 없이 내키는 대로 행동하는 아빠는 마을 사람들을 보았더라도 인사를 해야 한다는 생각조차 못 했을 가능성도 있다.

'내가 못 살아.'

아빠를 닮은 자신도 비슷한 면이 있어서 그런 아빠가 더더욱 부끄러웠던 나기사는, 겨울 산실을 달려가 아빠를 따라잡으며 친절한 마을 사람들에게 인사를 건넸다.

"아빠" 하고 등 뒤에 대고 소리쳤다.

"인사는 해야지."

아빠는 아차 싶었는지 멋쩍게 어깨를 들썩였다.

"서점은 거의 다 온 거지?"

"응."

"함께 와줘서 즐거웠다. 고마워."

아빠는 별안간 진지한 말투로 말했다. 그리고 나기사를 지그시 바라보더니 웃었다. 어쩐지 이별을 고하는 것 같은 말투에 나기사는 당황했다. 함께 오후도 서점에 가려던 게 아니었나? 아빠가 익살스럽게 웃으며 뭔가 생각난 듯 말을 이었다.

"너에게 줄 게 있어. 애들 장난감 같다는 생각에 몇 번이고 망설이다 때를 놓치고 말았네. 다음에 줄게."

이상할 정도로 밝게 웃고 있었다. 아빠가 말하는 '다음에'라는 말은 믿을 수가 없었다. 그래서 '안 믿어'라고 말하려고 멈춰 섰다.

아빠가 사라졌다.

방금 전까지 옆에서 이야기를 나누던 아빠가 지워진 것처럼 사라지고 없었다.

"뭐야, 아빠 어디 있어?"

숨바꼭질이라도 할 생각인가? 어린 시절 아빠와 함께 외출하면 아빠는 가끔 나기사만을 두고 숨어버렸다. 낯선 거리에서 나기사는 혼자 울상이 되어 아빠가 나타나기를 기다렸다. 용기 내어 찾아나서기 시작하면 어디선가 아빠가 한 손을 번쩍 들고 웃으며 나타났다. 나기사가 아무리 울고불고 화를 내도 아빠는 자주 그렇게 갑자기 사라지곤 했다. 그때마다 웃으며 다시 나타났던 것이다.

"아빠? 어디에 있어?"

지금까지 함께 있었고 이야기도 나누었다. 꿈이 아니다. 아니라고 생각한다.

"어디로 간 거야? 파파."

혹시나 해서 오후도 서점으로 가보았다. 그곳에 가면 만날 수 있을지도 모른다는 희망을 품고. 서점에 있던 잇세이는 나기사의 갑작스런 방문을 환영하면서도 평소와는 다른 모습에 놀라 걱정해주며 함께 찾아보자고 했다.

"고마워, 하지만 혹시 이곳으로 올지 모르니까."

나기사는 재빨리 말하고는 꼬르륵거리는 배를 잡고 왔던 길로 되돌아갔다. 마을 어귀에서 이야기를 나누고 있던 사람들은 아직 그곳에 있었다. 나기사가 달려오는 것을 보자 무슨 일인가 하고 놀라는 눈치였다.

"저기요."

나기사가 숨을 헐떡이며 물었다.

"혹시 몸이 좀 마른 남자 보셨어요? 아까 저랑 같이 마을로 온 기가 큰 남자요. 저희 아빠거든요."

사람들은 입을 다물고 눈빛을 주고받으면서 모르겠는데, 못 봤는데, 하면서 미안한 듯 대답했다. 그러더니 한 사람이 주섬주섬 입을 뗐다.

"저, 그게 말이지, 서점 아가씨. 처음부터 아가씨 말고는 없었어. 아까 산길에서 걸어올 때부터 아가씨 혼자였어. 근데 누군가와 이야기하고 있는 것 같아서 도대체 누구랑 말을 하는 걸까 하고 모두 의아해했다고."

나기사는 꿈속에서 대화를 나누는 것 같은 기분으로 필사적으로 할 말을 찾았다.

"그러니까 그게, 제가 아까 산길에서 분명히 아빠랑 만나서……. 오랜만에 만났는데 건강해 보였고, 그래도 이제 막 병상에서 일어난 데다 나이도 있어서 조심해야 할 것 같아서 제가 업고……."

아빠가 너무 가벼웠다는 사실을 깨달았다. 지금은 가물가물해진 향수 냄새를. 익숙한 웃음소리를.

"업어서 바로 저 앞까지 왔거든요."

분명히 함께 왔다고 생각한다. 오면서 많은 이야기를 나눴다. 아빠는 오후도 서점에 간다고 했다. 어려운 일이 있으면 말하라고도 했다. 하나하나 전부 기억하고 있었다. 그것이, 그것이 환영일 리가 없었다.

"설마 유령이냐고 물었더니 다리까지 보여줬는데……."

마을 사람이 온화한 목소리로 말했다.

"아가씨, 저 산길은 말이지, 오래전부터 가끔 신기한 일들이 일어난다오. 보고 싶어도 그럴 수 없는 사람과 만나기도 해. 이곳에서는 정령 고개라고도 하고 마법 고개라고 하지. 아가씨는 아빠가 보고 싶었나 보네. 어쨌든 만나서 잘됐네그려."

엄마로부터 전화가 걸려온 것은 그때였다. 항상 느긋하고 차분하게 말하던 엄마가 그때는 다른 사람처럼 높고 떨리는 목소리로 "나기사, 어디니?" 하고 물었다.

"아빠가 돌아가셨대. 좀 전에 아빠 친구에게 병원에서 돌아가셨다고 연락이 왔어."

전화기 저편에서 엄마가 여보세요? 여보세요? 하고 연거푸 부르는 소리가 들렸다.

"아빠가 멀리 떨어진 마을 병원에 입원해 계셨다더구나. 가족에게는 연락하지 말아달라고 친구분에게 부탁했던 모양이야. 이제 와서 볼 면목이 없다고. 그래도 친구분이 아무래도 안 되겠다 싶어 연락하려고 하셨는데 갑자기 네 아빠 병세가 악화되더니 그대로 돌아가시고 말았대. 적어도 어제, 하루만 더 일찍 연락했더라면 좋았을 텐데 하고 친구분이 계속 미안하다고 하셨어."

나기사는 흐느끼는 엄마 목소리를 먼 파도 소리처럼 느끼며 서글픈 웃음이 복받쳤다.

'유령이 아니라더니.'

거짓말이었다. 하긴 나츠노 고요라는 사람은 결코 믿을 수 없는 사람이었고 때때로 거짓말을 했다. 익히 알고 있던 사실인데. 산바람에 실려온 희미한 담배 냄새와 아라미스 향수 냄새가 스쳐 지났다.

"미안하구나."

머리에 손을 얹고 웃는 아빠가 서 있는 것만 같았다.

장례식은 가까운 친척만 모여 치렀다. 아빠가 살던 집에 빈소를 마련해 유골을 모시고 사십구재를 앞당겨 치른 후 집을 정리하면 유골은 외가 쪽 선조들의 위패를 모시는 절에 안치하기로 했다. 엄마가 원한 일이었다.

"네 아빠는 보기보다 외로움을 타는 사람이라 혼자 있는 것보다 나을 것 같았어. 엄마도 나중에 아빠와 함께 있고 싶어서."

언젠가 올 미래에 엄마는 아빠와 같은 흙 속에 잠들고 싶어했다. 남편에게 버림받고 그렇게 울면서도 엄마는 아빠가 집에 돌아올 날을 기다리고 있었는지도 모른다.

작은 유골함에 담겨 하얀 천으로 싸인 아빠를 안고 있던 엄마의, 눈물에 젖은 표정을 잊을 수가 없었다. 마치 《일곱 인형의 사랑 이야기》의 주인공 소녀 같다고 생각했다. 뼈아픈 상처와 슬픈 기억이 있어도 엄마는 사랑했던 사람을 용서하고 그 팔로 감싸 안을 생각이었던 것이다.

'아빠, 결국에는 엄마한테 돌아왔구나.'

아빠 의견도 들어봐야 했지만 아마 아빠도 그러길 원했을 것 같다는 생각이 들었다. 멋쩍은 웃음을 짓고 있을 것만 같았다. 딸 입장에서는 부질없어 보였지만 아무튼 이것도 하나의 해피엔딩일지도 모른다.

나츠노 고요라는 사람은 자신의 지성과 감성이 이끄는 대로 수많은 책을 기획하고, 때로는 난관에 부딪혀가며 세상에 알린, 격렬하게 살아온 사람이었지만 그런 자신에게 지친 듯 보이기도 했다.

"나는 좀 더 평범하게 살고 싶었어. 일찍 퇴근해서 돌아와 네 엄마가 차려준 밥을 먹고 너와 놀기도 하고, 함께 텔레비전을 보거나 이야기를 나누고 싶었어. 자기 전에 네 엄마와 조용히 차나 술을 마시며 행복한 하루를 신께 감사하고, 잘 자라고 인사한 뒤에 잠드는 거지. 아주 오래 푹 자는 거야. 아무 생각 않고. 회사 일도 적당히, 팔리는 책을 못 만들면 좀 어때. 나기사, 나는 그러고 싶었어."

이 말을 들은 게 언제였을까. 어쩌면 그것은 딸에게 한 말이 아니라 자신에게 한 말이 아니었을까.

"항상 힘든 업무를 진행할 때마다 이 일이 끝나면 다르게 살겠다고 다짐하곤 했어. 매번 그랬어. 하지만 그럴 수 없었어. 난 이런 편집자야. 나츠노 고요에게 다른 삶의 방식은 있을 수 없나 봐."

외로운 듯, 하지만 자조하듯 말했다. 결국 아빠는 마지막 순간까지 삶의 방식을 바꾸지 못했고, 유골이 되어서야 고요히 잠들 수 있게 된 것 같았다.

조문객들이 마지막 인사를 나누러 찾아왔고, 나기사와 엄마는 아빠가 살던 집에서 교대로 지냈다. 나기사는 아빠를 잇힌 편집자라고 생각하고 있었지만 찾아오는 사람은 결코 적지 않았다. 사람들은 아빠와의 추억을 이야기하며 갑작스러운 이별을 안타까워했다.

아빠가 살았던 교외의 오래된 아파트는 무척 조용해서 가끔 새 소리가 들려왔다. 방에는 아빠의 온기와 향기가 남아 있었고 나기사가 혼자 방에 있으면 아빠가 문을 열고 얼굴을 내밀 것 같았다. 잠시 편의점에 담배를 사러 간 아빠를 대신해 집을 보고 있는 것 같은 기분이 들었다. 제단에 놓인 위패와 웃고 있는 영정, 향 냄새가 오히려 이질적으로 느껴졌고 마치 꿈결 같았다.

꼼꼼한 성격인 아빠는 입원 전에 어느 정도 집 안 정리를 해두었던 걸까. 책상 위에는 묶인 어댑터와 노트북이 놓여 있었고 그 옆에는 깨끗하게 닦인 옛날식 유리 재떨이가 거꾸로 놓여 있었다. 서류는 모두 분류되어 있었고, 서가의 책과 노트와 수첩도 마치 도서관이나 서점의 서가처럼 말끔하게 정돈되어 있었다.

옷가지도 옷장 안에 잘 정돈되어 있었다. 방바닥에는 티끌 하나 없었다. 단칸방에 딸린 싱크대와 가스레인지 주변은 얼룩 하나 없이 깨끗했고, 몇 안 되는 접시와 커피 잔은 식기장에 차곡차곡 놓여 있었으며 냉장고도 비워져 있는 걸로 보아 어쩌면 다시 돌아오지 못하리라는 것을 예감했던 모양이다.

마치 자신이 세상을 떠난 뒤 정리를 하러 온 '누군가'를 위해 조금이라도 부담을 덜어주려고 한 기색이 느껴졌다. 병이 깊어 입원할 정도로 몸 상태가 좋지 않았을 텐데 혼자서 집 정리를 하며 힘들지는 않았을까. 쉬엄쉬엄 조금씩 정리해나간 것일까. 생각할수록 가슴이 아팠다. 책을 읽고 텔레비전을 보았을 일인용 소파에 유일하게 정리하지 않은 것이 있었다. 토트백에 아무렇게나 넣어둔 작은 소포였다. 외국에서 보낸 것일까, 고풍스럽고 세련된 꽃무늬가 아름다웠다. 빨간 리본이 달린 것을 보니 누군가에게 줄 선물이었던 걸까. 전하지 못하고 그곳에 놓아둔 것일까. 가방에도 소포에도 그리고 빨간 리본에도 먼지가 쌓여 있었다.

문득 떠오르는 생각에 살며시 빨간 리본을 풀고 포장지를 뜯었다. 그곳에 들어 있던 것은 양 손바닥에 올라갈 크기의 빨간 아기 여우 인형이었다. 아기 여우 인형은 맑은 금빛 유리 눈동자로 나기사를 물끄러미 쳐다보았다. 나기사는 인형을 꼭 쥐고 감싸 안았다. 오래전에 바닷가에서 잃어버린 인형이었다. 틀림없다. 10여 년 만의 재회였지만 절대 잊지 않고 있었다. 그 무렵 매일 함께 다니며 이야기를 나누던 소중한 친구였으니까. 물론 이 인형은 나기사가 잃어버린 인형이 다시 돌아온 것은 아니었다. 상표가 붙어 있었고 비닐에 싸인 신품인 채로 오랜 시간 방치된, 같은 제조사에서 만든 인형이었다.

당시 그토록 찾아 헤매던 인형을, 아빠는 갖은 수를 써서 찾아낸 것이었다. 아주 오랫동안. 시간이 날 때마다 찾으러 다닌 것 같다. 아빠는 오래전 자기 딸을 위해 외국에서 샀던 인형을 기어코 다시 손에 넣은 것이다. 하지만 너무나 긴 세월이 흐른 것을 깨닫고 멀리서 살고 있는 딸에게 이제 와 인형 같은 건 필요 없을 것이라는 생각에 망설였으리라. 죽음을 눈앞에 두고도 망설이다가 유령이 되어서도 잊지 못할 정도로.

나기사는 아기 여우 인형을 안고 미소 지었다.

"아빠, 이 아이를 찾았구나. 나한테 주고 싶었구나. 어릴 때 내가 이 아이를 얼마나 좋아했는지 기억하고 있었구나."

잊을 리가 있겠니. 나는 나츠노 고요, 나기사의 파파인걸, 하며 유쾌하게 웃는 아빠의 목소리가 들리는 듯했다.

어느 날 아빠와 남달리 친했던 분들이 조문을 오셨다. 한 사람은 노배우였는데 한때 수필가로도 유명했던 분이었고, 또 한 사람은 전 신문 기자로 세상의 악과 모순을 고발하는 기사를 쓰던 분이었다. 두 사람은 오래전 대중매체에 자주 노출되던 유명인이었지만 지금은 완전히 잊힌 존재였다. 이 두 사람에 더해 당시 연애소설의 대가로 불리던 작가까지 이들 삼인방은 나기사가 어릴 때 집에 자주 놀러 왔었다. 이들은 아빠와 술을 마시며 엄마의 요리를 먹고 포커와 마작을 즐기면서 많이 웃고 많이 떠들고 가끔은 다투기도 했다.

모두 나기사를 귀여워했는데 누군가의 무릎에 앉아 놀곤 했던 기억이 있다. 그들은 아빠와 마찬가지로 일에 심취한 나머지 가정은 돌보지 않았기 때문에 이미 집에서도 내놓은 것 같았는데, 지금 생각하면 그런 외로움과 어둠이 있어서 나기사를 더욱 예뻐했던 것 같다.

아빠와 살던 집을 나오면서 그들과의 교류도 끊겼지만 수년 전 연애소설의 대가였던 소설가의 부고 기사를 보고 그의 웃는 얼굴이 생각나 가슴이 아팠다. 베스트셀러를 여러 권 냈지만 세상을 떠나자 완전히 잊혔는지 구간도 거의 팔리지 않았다. 어차피 그의 책 대부분이 절판된 상태였다. 이제는 늙은, 하지만 여전히 품위 있는 노배우는 나기사를 보고 반가워하며 "잘 지냈구나, 멋지게 컸네" 하고 말했다. 어디가 불편한지 지팡이를 짚고 구부정하게 서 있던 전 기자는 예전과 변함없이 냉소적인 미소를 짓고 있었다.

"네가 활약하는 모습은 여기저기서 들었다. 대단하구나, 카리스마 서점인. 신간 띠지 문구와 추천사도 쓰고. 역시 피는 못 속인다더니."

하고 말하더니 안경 너머로 영정을 보며 웃었다. 노배우도 천천히 고개를 끄덕였다.

"네 아빠가 자주 자랑했어. 신간 띠지 문구도, 화제작 리뷰도 다 우리 애가 썼어, 대단하지? 하면서."

"그랬어요?"

나기사가 물으니 모두 웃었다.

"말도 마라. 코를 벌름거리며 득의양양해했지. 가끔은 라이벌 의식이 있었던지 잘난 척하면서 첨삭까지 해서 보여줬다니까."

"맞아, 맞아, 잘난 척은."

나기사가 호탕하게 웃었다. 아빠라면 그러고도 남을 것이다. 문득 집사 내용이 궁금해졌다. 자칫하면 부녀간에 말싸움이 닐 수도 있었겠다고 생각했다.

그들은 제단에 향을 피우고 합장을 한 후 각기 집 안을 둘러보거나 추억을 회상하는 듯 먼 곳을 응시하고 있었다. 노배우가 진지하게 입을 열었다.

"나기사가 이렇게 훌륭하게 컸으니 나츠노는 여한이 없을 거야. 추진하던 기획도 있고 아직 만들고 싶은 책도 있었겠지만 아마 백 살까지 살았어도 일 욕심은 남아 있었을 테니 별수 없지."

옆에서 노기자가 맞아, 맞아 하고 말을 받았다.

"아무튼 우리들 시대는 끝났어. 화려하기도 하고 어설프기도 했지. 모두가 행복해지는 꿈을 꾸며 싸우던, 땀내 나는 시대였어. 하지만 원하면 얻을 수 있는 시대이기도 했어. 앞으로는 너희들의 시대, 아니 이미 시작됐지. 세상은 불안정하고 부의 불균형은 심각한 상태고, 노력해도 꿈을 이루리라는 보장도 없고, 행복이 무엇인가 고민해야 하는 시대에 과연 어떤 책이 만들어지고 팔리고 읽히는 세상이 될지. 어떤 말과 문장이 사람의 마음을 사로잡고 위로하며 살아남을지. 무대 뒤에서 일개 독자 입장으로 업계가 가는 길을 지켜보고 있단다."

노배우도 조용히 고개를 끄덕였다.

"우리뿐 아니라 먼저 간 소설가 녀석도 땅속에서 지켜보고 있을 거야. 다음 신작은 야심작이라며 책이 나오면 나기사가 일하는 서점에 인사차 들고 가겠다고 장담하더니. 녀석, 머릿속에 쓰다 만 원고를 넣은 채로 황천길을 떠났군."

"살아 있다면 여기에 함께 있었을 텐데. 하긴 언젠가 저세상에서 만나겠지. 넷이서 마작을 하던 포커를 치든 아무튼 또 뭉쳐 있을 게다."

아빠의 친구들은 예전과 다름없이 호탕하게 껄껄 웃었다.

아빠의 책상에 아기 여우 인형을 올려두었더니 두 조문객이 그것을 보고 오랜만에 보는군, 하며 한마디씩 했다. 나기사가 아기 여우 인형을 좋아했던 것을 기억하고 있는 것 같아 기뻤지만 그렇다 해도 뭔가 회한이 서려 있는 듯 보여 조금은 의아했다.

두 사람은 서로 눈빛을 주고받더니 뭔가 망설이다가 이윽고 노배우가 입을 열었다.

"나기사, 어릴 때 아기 여우 인형을 바닷가에서 잃어버렸다지? 무척 슬퍼하며 인형이 돌아오기를 매일 기다렸잖니."

"네, 그랬죠."

"그때 사라진 아기 여우 인형한테서 편지나 엽서가 왔던 건 기억하니? '나는 지금 바다 건너 외국에 있어, 곧 돌아갈게' 하고. '나는 세계를 여행 중이야. 선물 많이 사서 돌아갈 테니 울지 마' 하고."

나기사가 놀랐다.

"네, 맞아요, 맞아. 근데 어떻게?"

오래전 아주 이상한 일이 있었다.

인형을 잃어버린 그 여름 이후 나기사에게 '아기 여우 인형으로부디'리고 쓰인 편지와 그림 엽서가 오기 시작했던 것이나.

어린아이 글씨로 또박또박 쓴 편지에는 조개 껍데기나 나뭇잎, 동전이나 깃털이 동봉되어 있었다. 편지와 엽서에 붙은 외국의 아름다운 우표에는 역시 외국어로 된 소인이 찍혀 있었다.

몽상가였던 나기사는 당시 산타클로스가 있다고 믿을 정도였기 때문에 아기 여우 인형이 편지를 썼다고 믿었다. 그 인형은 파도를 타고 외국에 갔기 때문에 사라진 것이라고, 지금은 건강하고 행복하게 여행 중이라고 생각하자 마음이 놓이고 기뻤다. 나기사가 모르는 곳에서 쓰레기 취급을 당하고 바닷물에 빠졌거나 누군가 훔쳐 간 것이 아니라서 너무 다행이라고 생각했다.

하지만 나기사도 성장했다. 아기 여우 인형이 편지를 쓸 리가 없다는 것을 깨달을 무렵 편지와 엽서는 더 이상 오지 않았다. 그렇게 신비스러운 날들이 이어졌으나 얼마 후 아빠와 이별하게 되었고, 갑자기 집을 나오게 되면서 혼란스럽던 틈에 아기 여우 인형에게 받은 편지도 사라져 그저 꿈에서 일어난 일이라고 여기게 되었던 것이다.

노기자가 결심한 듯 말했다.

"이제 유효 기간이 지났으니 말해도 괜찮겠지? 그 편지, 사실은 우리가 쓴 거란다."

"뭐라고요?"

노배우도 고개를 끄덕였다.

"그땐 말이야, 나도 이 녀석도, 작가 선생도 외국에 나갈 일이 많았잖니. 나기사가 울고 있다며 나츠노가 부탁하는데 어떻게 안 돕고 배기겠어?"

"모두 아기 여우 인형이 된 기분으로 '나기사, 울지 마' 하고 편지를 쓰게 된 거야. 여러 나라를 여행하는 아기 여우 인형이 된 거지. 재미있었단다."

덕분에 고마웠다, 하고 노배우는 웃었다. 그 옆에서 노기자도 얼굴을 찡긋하며 웃었다.

두 사람을 배웅하고 집에 돌아와 나기사는 아빠의 책상 위에서 아기 여우를 살며시 들어 올려 안아보았다. 인형을 품에 안고 웃고 있는 아빠의 영정을 보았다.

"고마워, 아빠."

'파파'라고 불러보았다가, 이제는 그럴 나이가 아니지, 하며 웃었다.

4

등대지기

산골짜기 작은 마을 끝에 파란 눈을 가진 노인이 살고 있다. 숲속에 지어진 장난감 같은, 나무로 만든 오래된 집에 홀로 조용히 살고 있다.

텃밭에서 채소를 키우고, 나무 열매를 따고, 작은 새들이 지저귀는 소리에 귀를 기울이고, 시냇물 속 물고기를 바라본다. 난로 앞 흔들의 자에 앉아 라디오를 들으면서 뜨개질을 하며 살고 있다. 꽃과 나무, 작은 새와 숲속 동물들을 수놓은 스웨터는 너무나 사랑스러웠고, 노인은 가끔 마을 사람들을 위해 스웨터나 머플러, 장갑 같은 것을 뜨기도 했다.

마을 사람들이 고맙다며 건넨 약간의 현금으로 노인은 상점가에서 장을 본다. 뭔가 소소한 것과 책을 사고 즐거운 듯 숲속 집으로 돌아오는 것이다.

키가 크고 건장한 모습에 희고 긴 수염을 기르고 있으며, 항상 빙그레 웃는 얼굴이어서 마을 사람들로부터 "산타클로스 같다"라는 말을 듣는 노인은 신기하게도 언제부터 그곳에 살고 있는지 아는 이가 하나도 없었다.

그저 언제부터인가 숲속에 살고 있었고 마을 사람들과 만나면 빙그레 미소 지었다. 친근한 미소를 띠고 있어도 누군가와 이야기를 오래 나누지는 않아서 이 나라 사람이 아니라는 것은 짐작할 수 있었지만 (원래 이 마을에는 오래전부터 다른 나라에서 여행을 왔다가 그대로 눌러앉는 이들이 많았다) 일본어로 된 책을 사서 돌아갔기 때문에 말은 알고 있으리라 여겼다. 작은 집 안에는 직접 만든 서가가 줄지어 있으며 책도 가득 차 있다는 소문이었다.

"그 할아버지가 숲에서 살고 계신 지 아주 오래된 것 같은데 언제부터였지?"

"글쎄, 내가 어릴 때도 계셨던 것 같아."

"우리 아빠가 어릴 때도 귀여워해주셨대."

마을 사람들은 가끔 그런 이야기를 나누며 웃었다. 만약 그 말이 사실이라면 그 노인은 나이를 얼마나 먹은 거지?

"전혀 나이가 들지 않으신단 말이야. 사실 이미 이 세상 사람이 아니어도 이상할 게 없는데. 산신령인가 봐."

"아냐, 아냐. 분명 산타클로스가 틀림없어" 하며 모두 함께 웃었다. 실제로 그 노인이 무슨 일을 하는지 아는 이는 없다. 취미로 하는 뜨개질만으로는 생계를 유지할 수 없으니 뭔가 직업이 있어서 먹고살 만한 수입이 있을 테지만.

"직업이 산타클로스라면 그렇게 사는 것도 이상할 건 없지."

마음속으로 상상해본다. 사슴을 키우는 것도 아니고, 하늘을 나는 썰매도 없어 보였지만 필시 어딘가 숨겨두었다가 크리스마스 전날 밤에 숲에서 썰매를 타고 떠나는 걸지도. 마을 사람들은 각기 이런 상상을 하다가 설마, 하고 함께 웃었다.

"산타클로스가 진짜 존재할 리 없으니 현실적으로 추리해보자면 비슷하게 생긴 할아버지들이 대를 이어 살고 있는 게 아닐까? 외국에서 온 엄청난 부자가 별장으로 쓰면서 대대로 물려주는 걸 거야. 유전이나 금광처럼 돈이 되는 자산을 대대로 물려줄 수 있는 억만장자라서 자기 나라에는 성처럼 멋진 저택이 떡하니 있을 거라고."

"말 되네."

"별장촌에는 그런 집이 많이 있긴 하지. 그러니까 얼굴이 닮은 친척끼리 그 집을 물려받아 사는 거라는 말이지? 그럴싸한데?" 하며 마음대로 결론지어버리고는 다른 쪽으로 화제를 옮긴다. 숲에 사는 노인에 대해 그 이상 파고드는 일은 없었고, 진상을 캐려고 찾아가는 일도 없다. 이곳은 그런 마을이니까. 서로 돕고 신뢰하지만 비밀을 간직하고 싶다면 굳이 따져 묻지 않는다. 특히 여행자에게는.

이 마을은 오래전부터 여행자를 맞이하는 마을이었고, 먼 옛날로 선조를 거슬러 올라가면 타지에서 도망 온 이주자들이 터를 잡고 만든 은밀한 산골짜기 마을이라는 넉사를 지니고 있다. 대대로 물려받아 살고 있다 해도 그 숲속 집은 여행자의 십이겠기니, 마을 사람들은 생각했다.

이 마을에는 오랜 역사를 자랑하는 서점과 그 서점을 물려받은 젊은 서점인도 있다. 츠키하라 잇세이, 그 역시 이 오래된 마을에 찾아든 여행자 중 하나였다. 이 마을에서 살기로 결심한 그는 아침과 저녁 그리고 계절이 변하는 가운데 이 마을에 시나브로 익숙해지며 녹아드는 자신을 느끼고 있었다.

봄이 되어 서점 주변에 활짝 핀 벚꽃 속에 서 있으면 자신도 이 벚나무처럼 이곳에 뿌리내리고 살게 될까 하고 문득 앞날을 생각하게 된다. 찬란하게 쏟아지는 눈부신 햇살, 하늘을 흐르듯 떨어지는 꽃잎의 아름다움이 이 서점에서 일하게 된 자신을 축복해주고 있는 것 같아 가만히 행복을 느끼곤 했다.

어릴 때 살았던 바닷가 마을을 잊은 것도, 그 후 살았던 마을이나 백화점에 있는 서점에서 일하던 날들을 잊은 것도 아니다. 아직도 꿈속에서 예전에 일하던 서가 앞에 서 있는 자기 모습을 볼 정도이니. 하지만 시간이 흐를수록 이 평온하고 푸근한 시골 살이에 애착을 느끼고 있었다.

숨을 한 번 쉴 때마다 이 땅의 맑고 깨끗한 공기가 폐 속 깊이 들어와, 나무와 물 향기를 머금은 촉촉함이 세포 하나하나에 스며드는 것처럼 느껴질 때가 있다. 마치 과거의 상처받은 날들과 외로움에 얼어버릴 것 같았던 기억들이 따뜻하게 녹으며 정화되는 그런 느낌이었다.

점장이 되어 온종일 계산대 앞에 서서 일하면서 책을 사랑하는 마을 사람들의 기대에 어긋나지 않게 좋은 책과 화제작은 물론 만족할 만한 책이 서가에 꽂혀 있을 수 있도록 노력을 아끼지 않는 동시에, 대형 서점이나 다른 서점에 지지 않을 정도로 감도 높은 신간과 과거의 명작을 갖춰놓고 휴일 없이 서점과 함께하는 날들이 무엇보다 행복했다.

아니, 가장 행복한 것은 계산대에 있는 잇세이에게 미소를 지으며 "이 서점이 사라지지 않아서 다행"이라고 말해주는 마을 손님들이 있다는 것이며, "자네 덕분에 서점 문을 닫지 않게 되어 정말 감사"하다고 말하는 늙은 서점 주인과 아직 어린 그의 손자가 앞치마를 걸치고 고양이와 장난을 치면서 즐겁게 서점 일을 도와주는 그 밝은 모습을 지켜볼 수 있는 시간인지도 모른다. 서점을 지키는 동료이자 전 편집자로 '가제네코 씨'로 불리던 후지모리 쇼타로 씨와 만화가 지망생인 사와모토 구루미가 서점 일 사이사이 만화 창작론을 두고 눈을 빛내가며 열정적으로 토론하는 모습을 보고 있는 것도 행복한 시간이다. 이 서점과 자신이 두 사람을 이어준 것은 정말 잘한 일이었다.

감히 내가 이런 곳에서, 내가 가진 약간의 지식을 살려 할 수 있는 소소한 일이 마을 사람들에게 도움이 되고, 그들이 웃는 모습을 볼 수 있다면 이런 행복이 또 있을까 하고 절실히 깨달으며 신에게 감사하고픈 마음이 든다.

그에게 떠오르는 신이라는 이미지는 수도 미션스쿨 대학에 다녔던 학창 시절에 강의에서 보았고(영문학을 전공했지만 성경은 필수과목이었다), 예배 시간에 배운 찬송가의 세상에 존재할 것 같은 모습이었다. 애초에 이 지역에 사는 사람들은 역사적으로 기독교 신자가 많아서 일요일 오전에는 상점가 근처에 있는 교회당에서 찬송가와 함께 예배 드리는 소리가 들려온다. 신이라고 하면 마을 사람들이 믿는 그 모습을 연상하는 것이 자연스러웠다. 동시에 잇세이에게는 오래전부터 존재하는, 자연에 깃든 무수한 신들을 숭배하는 마음도 있었다. 대학을 다니며 작년까지 살았던 곳이 자연신을 모시는 지역이었기 때문에 그 영향일지도 모른다.

도시의 소음에서 멀리 떨어진 이곳에서는 산을 가로지르는 바람 소리와 강물이 흘러가는 소리에서 무언가 이 세상 것이 아닌 존재를 느끼거나 듣거나 하는 일이 있다. 해 질 무렵 배달을 위해 혼자 자전거를 타고 산길을 달리다가도 나무들 속에서 수상한 시선을 느끼거나 먼 산 중턱에서 사람을 부르는 소리를 듣는 일도 더러 있었다. 그 소리를 처음 들었을 때는 자전거를 멈추고 주위를 둘러봤을 정도였다. 하지만 주위는 고요했다. 아무 기척도 없었고 그저 바람 소리와 나뭇잎 스치는 소리만이 울려 퍼지고 있었다. 숲 향기가 그윽한 그곳에서 시냇물 소리가 어디선가 들려왔다. 아무도 없다. 하지만 누군가의 숨결을, 지그시 바라보는 시선을 느낀 것 같았다. 뭐라 표현하기 힘든, 소름 끼치는 기분이 들어 그 후로는 소리 나는 쪽을 돌아보지 않고 계속 달렸지만 등이 땀에 흥건해질 정도로 젖는 바람에 한기를 느꼈던 것을 기억한다.

"그럴 때는 대답을 하거나 돌아보면 안 돼. 못 들은 척하고 그대로 지나가야 해."

마을 사람에게 들은 대로 산에서 이상한 소리가 들리더라도 못 들은 척하며 멈추지 않고 달렸지만, 이따금씩 만약 지금 돌아보면 어떻게 될까, 목소리의 주인을 찾아 깊은 산속으로 들어간다면 그곳에는 어떤 모습을 한 존재가 기다리고 있을까 하고 상상했다.

아무튼 이곳에는 뭔가 수상한 기운이 가득했다. 잇세이는 온몸으로 그것을 느꼈으며, 마을 사람들이 들려준 몇 가지 전설에는 기이한 일도 많았다.

언젠가 후지모리가 "전부터 생각하고 있었는데 마을 사람들 이야기를 모아서 옛날이야기라도 써볼까 싶어. 어쩐지 이 마을에는 현재와 함께 야나기타 구니오가 살았던 시대가 공존하는 것 같거든"이라고 말한 대로였다. 이곳에는 옛날이야기나 전설이 살아 숨 쉬고 있었다. 요즘의 '평범한' 일본과는 어딘가 어긋난, 마법 세계에 가까운 그런 장소였다. 있을 수 없는 일이라고 무조건 단정하기보다는, 오히려 신이나 불가사의를 믿는 쪽이 흥미진진하지 않을까, 적어도 지금의 잇세이는 그렇게 생각하고 있었다.

'그쪽이 훨씬 재미있잖아.'

이야기 속에 사는 것 같을 테니. 앞으로도 수없이 많은 행복한 기혀과 마법이 자신과 소중한 사람늘을 지나니고 있을 미래를 믿으며 살아갈 수 있을 것만 같아서.

그런 기이한 이야기 중에서도 잇세이는 산길에서 이 마을에 들어오는 도중에 있는 일명 '고개' 주변에서 일어난다는 신비한 기적에 관한 이야기를 가장 좋아한다. 그 고개 주변에서는 그리운 사람과 만날 수 있다고 한다. 마을 사람들 말로는 이 마을이 아직 행정구역에 포함되지 않았던 때부터 그런 기적이 셀 수 없을 정도로 많이 일어났다고 한다.

실제로 잇세이가 존경하는 긴가도 서점의 점장과 전 동료였던 미카미 나기사도 작년 여름과 겨울에 각기 기이한 경험을 했다고 한다. 두 사람에게서 경험담을 직접 들었는데 헛소리할 사람들이 결코 아니라는 걸 알고 있는 잇세이에게 신비한 고개의 전설은 충분히 믿을 만한 기적이었고, 자신에게도 그 기적이 일어나길 바라며 믿고 싶은 전설이었다.

'만약 진짜라면 아빠와 누나를 만나고 싶다.'

그리운 사람을 만날 수 있는 기적이 있다면 자신이 지금 가장 만나고 싶은 이는 이 두 사람이었다. 마침 얼마 전 이모로부터 앨범이 한 권 도착했는데, 그 안에 있는 사진을 자주 보다 보니 그런 것일 수도 있다. 사정상 가족 사진이 없는 잇세이를 위해 이모가 가지고 있던 몇 장 안 되는 사진을 정리해 보내준 것이었다. 낡은 사진 중에는 잇세이가 어릴 때 돌아가신 엄마의 젊고 아름다운 모습도 있어 감탄했지만 아빠와 누나의 사진을 봤을 때는 숨이 막힐 것만 같았다.

만날 수 없게 된 이후 기억이 희미해진 두 사람의 모습이, 그 눈빛이, 사진 속에서 잇세이를 바라보며 웃고 있었기 때문이다. 그 순간 점점 희미해지던 아빠와 누나의 모습이 뚜렷하게 떠올랐고, 마치 조금 전까지 함께 있었던 사람들처럼 기억이 되살아났다.

어느 봄날, 잇세이는 책 냄새로 가득한 오후도 서점 계산대에 서서 창으로 쏟아지는 빛이 바닥에서 아롱거리는 것을 바라보다 환영을 보았다.

긴 머리를 늘어뜨린 가녀린 소녀가 그곳에 서서 아름다운 서점을 둘러보며 매료된 모습이었다. 책과 서점을 좋아하는 소녀에게 이 서점은 최고로 멋진 장소로 비춰졌을 것이다. 소녀는 창가 횃대에서 졸고 있는 크고 하얀 앵무새를 보자 숨죽인 채 미소 지었다. 아마도 낮잠을 방해하지 않으려 조금 떨어진 곳에서 바라보는 것이리라. 누나는 작은 새와 비행기를 좋아했다. 하늘과, 하늘을 나는 것을 동경해서 항상 하늘을 올려다보는 그런 소녀였다.

잇세이와 같이 검은 눈동자와 맑간 눈빛(엄마를 닮았다)을 가진, 하지만 밝고 친근한 미소는 아빠를 닮았던 누나는 지금 환영 속에서는 이 세상을 떠난 모습 그대로 열두 살 소녀의 모습이었다. 그것이 잇세이의 기억에 남아 있는 마지막 모습이기 때문이다.

누나는 나이에 비해 키가 커서 잇세이가 항상 올려다본 기억이 있다. 하지만 누나가 지금 이 서점에 있다면 가냘픈 몸에 자신보다 훨씬 키가 삭을 것이라 생각하니 서글퍼졌다.

공상 속 소녀는 서점에 가득한 책을 보고 눈을 빛낸다. 그 모습을 보며 잇세이는 뿌듯해졌다. 동료들과 함께 선별한 최고의 책들이니 누나가 마음에 들어하고 기뻐할 게 틀림없다.

소녀는 위층 아동서 코너를 향해 요정처럼 몸을 날려 나무 계단을 사뿐사뿐 뛰어오른다.

잇세이는 환영을 보고 있다. 자신이 선별한 멋진 그림책과 동화책이 진열된 서가 앞에서 기뻐 소리치는 소녀의 모습을 본다.

시대를 초월해 이어져오는 오래된 명작과 최근 인기를 얻고 있는 화제작, 모르는 사람이 없는 유명한 작품들. 아이들에게 사랑받고, 아이들을 가슴 뛰게 하고 웃게 만들고, 친구가 되어 그 가슴에 안겨 있는 멋진 책들이 그곳에 있었다.

'누나가 좋아하겠지.'

잇세이는 동화책을 좋아해서 지식도 많았다. 2층에 아동서 전문 서가를 만들면서 책을 고를 때는 수없이 누나를 떠올렸다. 책을 좋아하던 누나, 어린 나이에 이 세상을 떠나버린 누나가 이곳에 온다면 좋아할 만한 그런 서가를 만들고 싶었다. 하나하나 죽은 누나와 함께 만든 서가였다.

'이 서가를 누나가 봤으면 좋겠다.'

잇세이는 꿈을 꾼다. 잇세이는 진심을 다했다. 그래서 누나가 봐주길 바랐다.

다섯 살 터울이었던 누나는 잇세이가 일곱 살 때 아빠와 함께 교통사고로 목숨을 잃었다. 어두운 밤, 갑자기 병세가 악화된 누나를 서둘러 병원에 데려가다가 아빠가 일으킨 사고였다. 아빠가 운전했던 차는 두 사람을 태운 채 불에 타버리는 바람에 시신은 찾을 수 없었다. 잇세이는 장례식에 갈 수 없었고, 두 사람이 죽었다는 것을 받아들이지 못했던 나날을 기억하고 있다.

사고가 났던 날 밤 잇세이는 혼자서 집을 보느라 그 차를 함께 타고 가지 않았다. 그래서 혼자 살아남았지만 혹시라도 자신이 그 차에 타고 있었다면 사고를 막을 수 있었을지도 모른다고 어린 마음에 자신을 탓했다. 어른이라면 어린아이가 그 자리에 있었다 한들 운명은 바뀌지 않는다고 생각했을 것이다. 그때의 잇세이는 겨우 초등학교 1학년 아이였다.

사고 원인이 아빠의 음주 운전이라는 소문이 돌았고 신문에도 허위 기사가 실렸지만 어린 잇세이에게는 아빠의 오명을 벗길 길이 없었다. 아빠의 결백을 주장하는 잇세이의 말에 귀 기울여줄 어른은 없었다. 자신이 너무 어리고 무력해서 두 사람을 지킬 수 없었다는 어린 날의 기억을 잇세이는 줄곧 가슴에 담고 살아왔다.

그리고 이제 잇세이는 어른이 되었다. 서점을 맡아 운영하면서 이 산골짜기 마을에서 살고 있다. 시골 마을의 작은 서점이지만 자랑스레 여기며 자기 일을 사랑하는 나날을 보내고 있다.

아빠는 어린 그에게 세상 한편에서 작은 등불 같은 사람이 되어달라고 말했다. 세상에 이름을 남길 만한 훌륭한 사람이 아니어도 좋고 유명해지지 않아도 상관없으니 그저 자기 힘으로 세상 구석구석을 밝히는 사람이 되어달라고.

지금 어느 정도는 그렇게 하고 있다고 말한다면 너무 건방진 걸까 하며 잇세이는 슬며시 미소 지었다.

'내가 너무 우쭐해져 있나?'

그래도 아빠는 그런 잇세이를 감싸주고 칭찬해줄 거라는 생각이 들었다. 항상 그랬던 것처럼 커다랗고 따뜻한 손으로 잘했다, 잘했다 하며 머리를 쓰다듬어주실 것이다.

'이제는 너무 커버리고 말았네.'

지금은 아마 아빠와 비슷하거나 어쩌면 아빠를 내려다봐야 할 정도로 자랐을 것이다. 아빠는 분명 당황해서 활짝 웃으며 커다란 손으로 잇세이의 머리를 가볍게 두드리겠지 하고 상상하자 슬픈 건 아니었는데 눈물이 왈칵 솟았다.

'이런.'

손님이 보면 놀라서 걱정할지 모른다. 잇세이는 손끝으로 눈물을 닦아내고 앞치마에 손을 문지르며 얼굴을 들었다. 창밖에는 밝은 햇살이 내리쬐고 있었고 벚꽃이 흐드러지게 피어 있었다. 바닥에 쏟아지는 햇살에 떨어지는 벚꽃 잎이 작은 물고기처럼 그림자를 만들어냈다. 앵무새가 횃대에 앉아 잠든 창가 주변으로 햇살이 머물며 포근한 양지가 생겼다. 삼색 고양이 앨리스가 방울 소리를 내며 경쾌하게 걸어와 그 양지를 차지하고 앉았다. 창에서 쏟아지는 햇살을 올려다보며 기분이 좋은지 눈이 감기려 한다. 처음 봤을 때 아기 고양이였던 앨리스는 지금은 다 커서 아름다운 고양이가 되었다.

"따뜻하니? 앨리스?"

잇세이가 묻자 삼색 고양이는 잇세이를 보며 대답이라도 하는 듯 눈을 깜박였다. 할 말이 있었는지 수염과 입을 달싹이더니 이내 포기하고 어깨를 움츠려(잇세이에게는 그렇게 보였다) 따뜻해진 바닥에 누웠고 천천히 몸을 핥으며 눈을 감았다. 고양이는 잠이 많으니 이대로 낮잠을 잘 거라고 생각했다. 갑자기 하얀 앵무새가 중얼거렸다.

"믿는 자는 구원받으리라."

잇세이가 쳐다보자 앵무새는 검은 까마귀 같은 눈으로 잇세이를 물끄러미 보다가 다시 눈을 감고 '아마도'와 같은 말을 중얼거리며 뒤로 돌아서 주둥이를 깃털에 파묻고 잠들어버렸다.

활짝 핀 벚꽃으로 둘러싸인 숲속에서 혼자 사는 그는 이 행성의 다양한 서적을 읽는 것을 좋아했다. 조용한 산골짜기 마을에서 난로에 불을 지피고 흔들의자에 앉아 느긋하게 활자를 눈으로 좇고 있으면 시간 가는 줄 몰랐다.

이 별에 사는 생명체가 보면 영원에 가깝다고 할 정도로 아주 긴 수명을 가진 그에게, 이 별 사람들이 지은 이야기, 사회나 인류에 대해 고찰하고 기록된 책은 그가 좋아하는 최고의 보물이었다. 살아 있디는 것은 행복이었고, 이에 감사하면서도 가끔은 그 끝없는 나날에 따분해지기도 했다. 같은 수명을 지닌 존재가 없는, 은하의 끝에 자리한 이 별에서 느끼는 어쩔 수 없는 막막함도 책장을 넘기는 동안에는 잊을 수 있었다.

이 별이라고 말하는 까닭은, 그는 다른 별 출신의 생명체이기 때문이다. 숲에 사는 노인은 아주 오래전부터 이 땅에서 혼자 살고 있는 고독한 손님이었다.

하얀 수염을 기른 노인의 모습은 이 별에 사는 인류의 형상을 본떠 만든 것이다. 태어난 그대로의 진짜 모습은 이 별의 인류와는 약간 달랐다. 은하계에 존재하는 생물들의 다양한 변형을 알고 있는 그에게 이 별의 인류와 다른 점은 '약간'이라는 말로 정리될 정도로 근소한 차이에 불과했지만 아마도 이 별에 사는 인류에게는 놀라우리만치 큰 차이라는 것도 그는 상상할 수 있었다.

(가령 눈은 똑같이 두 개지만 그의 눈은 매우 발달된 탁월한 겹눈이고, 관절 개수도 조금 더 많아 가동 범위가 넓었다. 외모뿐 아니라 신체를 구성하고 있는 물질 역시 실은 이 별의 인류와는 전혀 달랐다. 이 별의 대기와 물이 그에게 유해하지 않다는 사실이 오히려 기적에 가까웠다.)

그를 포함해 그와 같은 일을 하는 다른 외계인들은, 방문한 별에 사는 존재를 위협하거나 눈에 띄는 것을 좋아하지 않았다. 그들은 조용히 섞여 살아가기 위해 같은 모습으로 살아갈 수 있는 기술을 가지고 있었다. 머나먼 우주를 여행할 수 있을 만큼 문명이 고도로 발달된 그들에게는 전혀 어려운 일이 아니었다.

지구인은 아직 모르지만 (그 존재를 상상하고 꿈꾸는 사람들은 많이 있을지도 모르지만) 이 우주에는 오랜 역사를 지닌 은하 연방이 있다.

영원에 가까운 시간이 흐르는 이 우주에 아주 조금 먼저 존재했고, 우주 항해가 가능한 수준에 달한 문명을 가진 별들이 연합해 서로 돕는 조직이었다. 일정 수준에 달한 별들만이 함께하는 연방이기에 기본적으로는 조용하고 평화로운 조직으로, 은하계에는 평온한 세월이 흐르고 있었다. 하지만 같은 별에서 태어난 자들끼리도 서로를 이해한다는 것은 어려운 일. 정의와 이상과 같은 단어의 개념에서도 일치하는 부분이 적은 상태로 공존해야 했으므로 얼마간의 충돌과 불행한 분쟁은 피할 수 없었다. 그 와중에 먼저 발달한 문명을 가진 자들의 입장에서 보면 이른바 '미개'한 땅인, 나중에 생겨난 새로운 문명과의 교류 방법에도 별에 따라 차이가 생겨났다.

은하 연방에 속한 어느 별에서는 신생 문명에 적극적으로 개입해 '좋은 쪽'으로 유도하려 했다. 다른 한쪽에서는 그 별이 자연스럽게 성장해나갈 수 있도록 개입하지 않고 지켜보는 것이 '좋은 쪽'이었다.

또 다른 경우도 있었는데, 만약 어느 별이 성장하는 과정에서 앞선 문명에 악영향을 끼칠 우려가 있는 진화를 한다면, 우주의 평화를 깨는 일로 간주하고 문명이 진화하기 전에 멸망시키거나 붕괴시키고자

했다. 기나긴 협상과 끝없는 분쟁, 때로는 신흥 별들을 끌어들이는 전쟁을 치르고 나서야 현재의 은하 연방에서는 신흥 별들의 문화 성장 문제에 가능한 한 개입하지 않고 지켜본다는 입장을 고수하고 있다.

문명의 싹을 가진 별을 발견하면 발견한 별이 책임을 지고 지키도록 되어 있었다. 주재원을 파견해 그 별의 문명을 지켜보는 역할이었다. 기본적으로는 간섭하지 않는 입장을 취하지만, 만일 그 별에서 천재지변과 같이 참담한 재난으로 멸망에 이르는 위기에 봉착할 경우 개입이 허용되었다.

그것은 다시 말해, 넓은 우주에는 별들의 바다를 항해할 수 있을 만한 지성과 문명을 가진 생명체가 존재할 확률이 매우 희박하고, 존재하더라도 문명이 무사히 성숙하기 어렵다는 사실을 모두 알고 있으므로, 같은 편이 될 가능성이 있는 생명체가 살고 있는 별을 완전히 방치할 수 없기 때문이었다. 칠흑 같은 어둠과 영원한 추위, 혹은 작열하는 항성의 불꽃 속에서, 무한히 확장하고 서로 멀어져가는 별들 속에서, 다른 별 사람들은 새로 태어난 생명과 문명에 그 손을 내밀지 않을 수 없었던 것이다.

은하 연방의 외계인들은 생명과 문명을 사랑하고 소중히 여겨왔다. 전 우주에 단 하나의 별만이 존재한다면 얼마나 고독할지 너무나 잘 알기 때문이다.

그렇다. 실제로 자신의 별을 떠나 우주의 바다로 나오지 않으면 다른 별에 사는 생명체와 만나지 못해 고독했다. 외로운 시대의 그 의지할 데 없는 기억을 모든 별이 제각기 간직하고 있었으므로.

다시 말해 산골짜기 작은 마을 끝에 있는 숲속에서 혼자 사는, 파란 눈에 하얀 수염을 기른 노인 또한 은하 연방에서 파견한 주재원으로, 이 땅에 홀로 살고 있는 다른 별에서 온 손님이었다. 이 별에 사는 인류와 문명의 진화를 지켜보기 위해 오랜 세월 묵묵히 살아내고 있었다.

그는 자기 일을 좋아한다. 영겁에 가까운 수명이 다한 후에는 말 그대로 이 별에 뼈를 묻을 각오를 하고 있다.

실은 그에게는 더 이상 돌아갈 고향이 없다. 오래전에 가족과 친구들과 헤어지면서 언젠가 돌아오겠다고 약속한 사람들이 살던 별, 그 문명은 어느 날 갑자기 하늘에서 쏟아진 운석에 의해 허무하게 사라져버렸다. 은하 연방으로부터 도움의 손길이 미처 닿기도 전에 예기치 못한 불행이 덮치고 말았던 것이다. 고향 별은, 별 그 자체가 하나의 문명과 역사와 수많은 생명체의 묘비가 되고 말았다.

고향 별은 무척 먼 곳에 있었다. 그래서 그는 이 땅에서 그가 믿는 신에게 사라져간 생명들의 평온을 기원했다. 그가 믿는 종교에서는, 생명이 소멸하는 일 없이 우주를 영원히 떠다니다 다른 육체를 얻어 어딘가의 별에서 태어난다고 여겼다. 그렇게 믿으면서도 역시 고독했다.

고향 별은 이제 그의 기억 속에만 존재한다. 언젠가 그의 육체가 사라지면 고향 별에 존재했던 찬란한 문명도, 아름다운 풍토도, 다양한 이야기와 삶도 사라져버린다. 우수에서 고향 별에 대해 아는 이가 더 이상 존재하지 않게 될 것이다. 처음부터 없었던 것처럼.

외딴 별에 홀로 남겨진 그는 이 별에서 수없이 아침을 맞이하고 밤을 보냈다. 끝없이 되풀이되는 사이에 이 별에 더욱 애정을 느끼게 되었다. 고향 별은 사라졌지만 그에게는 아직 이 별이 있었다. 그가 지켜야 할, 사랑해야 할 별이. 그는 이 별과, 이 별의 새로운 문명과, 이 별에 사는 생명체를 사랑했다. 그래서 살 수 있었다.

더 이상 고향 별에서 이 별을 지키러 올 교대 근무자는 없다. 그가 마지막 주재원이 될지도 모른다. 언젠가 먼 미래에 그의 수명이 다할 때가 올 것이다. 문명의 수호자가 사라지면 이 별은 어떻게 될지를 생각하면 슬프고 불안해진다. 하지만 그는 이내 미소 지으며 고개를 든다.

괜찮아. 그때는 이 별의 문명도 성숙해져서 다른 별에서 온 주재원이 남몰래 지켜주지 않아도 혼자 힘으로 날아올라 은하 연방의 일원이 되어 축복과 환영을 받게 될 테니까. 그는 그렇게 믿으며 그날을 꿈꾸고 있다. 가능하면 그날까지 자신이 살아 있기를 소망한다.

그는 이 별의 어미 새와 동물들이 자식을 키우고 지키는 것처럼 이 별의 문명이 성장하는 모습을 지키고 싶다. 그리고 언젠가 이 별이 성장한 그날, 자신도 우주에서 사라지길 바란다. 사명을 멋지게 완수하고 나면, 고향 별의 기억을 안고 우주의 어둠 속으로 스며들어 잠들겠다고.

그는 숲 근처 마을에 있는 서점에 자주 간다. 그 서점이 생겼을 때부터 이용해오고 있는데 '외계인'이 등장하는 만화나 소설들이 서가와 평대에 진열된 것을 본 적도 있다. 얼마 전(인간의 감각으로는 조금 옛날 일이다) 이 별에서 이른바 SF소설이 유행하던 시절이 있었는데, 서가와 평대에 놓인 수많은 책과 잡지에 우주 연방이니 외계 행성과 우주선이니 하는 제목을 보고 적잖이 낯간지러운 기분이 들기도 했다. 몽상을 좋아하는 아이들이 그 책과 만화를 안고 기대에 부풀어 계산대로 향하는 모습을 흐뭇하게 바라보면서, 지금 여기에 바로 그 외계인이 있다는 사실을 알게 된다면 아이들과 서점 주인이 얼마나 놀랄까 하는 즐거운 상상을 하기도 했다.

그는 낯간지럽긴 해도 SF소설을 자주 구입했다. 책장을 넘기면 알 수 없는 그리움과 재미가 동시에 있었다. 본다 N. 매킨타이어, 제임스 팁트리 주니어, 클리포드 D. 시맥과 같이 좋아하는 SF소설가는 많았지만, 특히 레이 브래드버리의 시적 감수성에 끌렸다.

《안개 고동》이라는 단편소설에서 마지막으로 살아남은 해룡에 대한 이야기에는 마음을 사로잡는 감동을 느꼈다. 해룡은 등대에서 울리는 고동 소리를 사라진 친구들이 부르는 소리인 줄 알고 까마득한 심해에서 떠올라 등대를 찾아온다. 그러나 등대는 해룡의 친구가 아니었다. 안개 짙은 어느 날 밤 그 등대를 지키던 두 등대지기가 그 슬픈 만남과 헤어짐을 지켜본다는 이야기다.

노인은 자신을 이 이야기의 해룡이라고 생각했다. 세상에 홀로 남거진 슬픈 생명체라고, 동시에 사람들과 떨어져 바닷가에서 동네를 지키는 숭고한 일을 하는 등대지기라고도 생각했다.

그는 이 별을 지키기 위해 이곳에 있다. 하지만 동시에 이곳에 문명이 있고 인류가 살고 있다는 사실을 은하를 향해 알리기 위해 이곳에 있는지도 몰랐다. 끝없는 은하에 작은 등불을 밝히듯이.

숲속 작은 집, 읽고 있던 책에서 눈을 떼고 창밖에 날리는 벚꽃 잎으로 시선을 돌리며 그는 생각한다. 하얀 수염을 기르고 숲에서 조용히 살고 있는 그를 두고 마을 사람들이 산타클로스 같다고 수군댄다는 것은 알고 있었다. 산타클로스가 이 나라에 전해진 아주 옛날부터 그는 그런 소리를 자주 들었다. 실제로 그림책에서 썰매를 타고 하늘을 나는 노인의 모습을 보고 자신도 닮았다고 생각했다.

혹시 오래전 자신보다 먼저 다른 별에서 손님이 찾아와 살았던 것은 아닐까 하고 생각해보았다. 이 별에 사는 사람들을 사랑하게 되면서 겨울마다 선물을 나누어준 것은 아닐까. 고향 별로 돌아가지 않고 수명이 다할 때까지 이 별 사람들을 사랑하고 지키다 간 외계인이 오래전에 존재했던 것은 아닐까. 외딴 별에서 홀로 생을 마감한 누군가가 존재했던 것은 아닐까. 벚꽃이 피는 숲에서 사는 그처럼.

아주 오래전 이 별을 발견한 고향 별의 여행자처럼 우주 여행 중에 어쩌다 우연히 이 별을 발견하고 찾아온 외계인이 있다 해도 이상하지 않다. 은하계 끄트머리에 있는 태양계라고 해서 그런 멋진 일이 일어나지 말라는 법은 없으니까. 그럴 확률이 제로가 아니라면 절대 그런 과거는 없었다고 감히 누가 장담하겠는가.

그가 이런 상상을 하는 것은 아마 자신이 그러한 마법적인 존재를 동경하기 때문일지도 모른다. 이 별에서 살다 보면 가끔 이성이나 계산으로는 표현할 수 없는 신비한 일들과 마주하곤 한다. 이야기 속에 등장하는 마법이라든지 기적과 같은 힘이 관여하고 있는 것 같은, 현실을 벗어난 일들 말이다. 마을 사람들에게 듣기도 했고, 그 역시 실제로 몇몇 신비한 일과 마주한 적이 있었다.

단지 그는 이 별에서 말하는 과학자이자 연구자이므로, 그러한 일이 일어나는 것이 이 지역의 고개 주변(특히 신비한 현상이 일어난다는 장소다) 땅에 은밀하게 묻혀 있는 그의 우주선이 영향을 끼쳐서인지도 모른다고 생각했다.

우주선은 강한 자력과 우주 방사선을 띠고 있다. 이 별에는 아직 존재하지 않는 기술을 사용해 은하 연방의 본부가 있는 머나먼 은하계 중심을 향해 고출력으로 통신을 주고받기도 한다.

우주선이 내뿜는 다양한 에너지가 이 땅이 원래 가지고 있는, 현실과 동떨어진 존재를 끌어당기는 신비한 힘에 영향을 주어 다양한 기적을 일으키고 있는 것이라면.

이러한 일종의 초자연적인 가정을 이 별의 인류에게 말한다면 멍청한 소리라며 아무도 믿지 않을지도 모른다. 하지만 이 별보다 발달한 과학기술을 가지고 진화한 문명에서 살아온 그는 신비한 심령현상과 초자연적이라고 비웃는 것 중에도 단지 성의알 수 없을 뿐이기 훌륭한 과학이 존재한다는 것을 알고 있다. 실제로 이 별에노 과서 연금술처럼 마술로 치부되던 것 중에 훗날 과학으로 발전한 것이 많이 존재한다.

그래서 이 마을 사람들이 믿는 요정이나 유령 들은 과학적인 존재로 이 땅에 존재하고 있는지도 모른다. 이 땅에서만큼은 만나고 싶은 사람과 만나는 기적이 일어난다. 시공을 초월한 힘으로 죽은 사람과도 만날 수 있다고 한다. 이토록 아름다운 기적이 또 있을까. 만약 자신이 숨겨놓은 우주선이 그 기적과 조금이라도 연관이 있다면 행복한 일이라고 생각했다.

'마치 기적이나 마법을 선물로 주는 것 같지 않은가?'

아무도 몰래, 산타클로스처럼.

고양이 앨리스는 때때로 이해가 가지 않는 일이 있다. 인간은 고양이보다 지능이 높아서 무척 영리한데, 고양이에게는 들리거나 보이는 것이 인간에게는 들리지 않고 보이지 않는다니. 사실은 새벽녘에 가끔 찾아오는 '손님'이 있다. 멀리 마을 밖 고개 쪽에서 찾아오는 조용하고 경쾌한 발소리를 이 집 사람들은 아마 듣지 못할 것이다. 어렴풋이, 나뭇잎이 땅에 닿을 때 나는 소리 같은 발소리. 어딘가 즐거운 듯, 춤추듯 경쾌한 발소리. 이 소리를 들을 수 있는 건 어쩌면 자신과 앵무새뿐인 것 같았다.

앨리스는 당연히 들리는 소리라서 설마 인간들이 듣지 못할 줄은 몰랐다. 새벽녘이라 인간들은 자고 있을 시간이긴 하다. 그래서 모르는 것이라고 생각했지만 아무래도 아닌 것 같다. 어느 날 평소보다 일찍 일어난 할아버지가 서점 문과 유리창을 열고 통풍을 시키면서 빗자루를 들고 청소를 시작했다. 웃는 얼굴로 서점 안에 있던 앨리스에게 아침 인사를 했다. 바로 옆에 있는 손님은 쳐다볼 생각도 않고. 시선이 손님을 그냥 통과하는 모습을 보고 앨리스는 깜짝 놀랐다. 그곳에 손님이 있는데 못 본 걸까? 할아버지 눈에는 이 아이가 보이지 않는 걸까? 손님을 쳐다보니 아이는 개구쟁이처럼 웃었다. 마치 할아버지가 눈치채지 못하는 것이 재미있다는 듯이. 비밀이라고 말하는 양 개구쟁이처럼 자신의 입에 검지를 가져다 댔다.

그런 일이 몇 번 있고서야 아마도 할아버지에게, 그리고 앨리스의 친구인 도오루에게도 그 손님이 보이지 않는다는 사실을 알았다. 그렇다면 이 집에 사는 또 한 사람, 잇세이에게도 보이지 않겠구나 하고 생각했다.

그 손님은 새벽녘, 아직 어슴푸레한 서점 안에서 항상 혼자 즐거운 시간을 보낸다. 서가에 즐비한 책을 행복하게 바라보거나 장식된 포스터나 손으로 만든 신문 기사를 작은 소리로 읽어 내려가면서. 혼자서 바람이 스쳐가듯 조용히, 아무도 없는 서점 안을 서성인다. 까치발로 살금살금 걸어 다녀서 발소리만 아주 작게 난다. 앨리스와 앵무새가 아니면 들리지 않을 정도로, 낙엽이 닿는 듯 작은 발소리다.

긴 머리칼의 느낌이나 원피스, 책을 좋아하는 분위기가 너덧기 세전에 앨리스의 친구였던 소녀와 닮아서 앨리스는 그 여자아이가 이곳에 올 때는 항상 시선을 고정한다. 그 아이도 고양이를 좋아하는지 앨리스가 곁에 있으면 행복한 얼굴을 한다. 몸을 숙이고 살며시 손을 내밀어 쓰다듬어줄 때도 있지만 그 아이의 부드러운 손길이 닿아도 벚꽃 잎이 닿은 것처럼 무게는 느끼지 못했다. 그 아이는 냄새도 옅다. 사람 모습을 하고 있는데도 스치는 바람이나 햇살처럼 옅은 냄새가 났다.

아이는 새도 좋아하는 걸까. 앵무새의 머리와 등을 쓰다듬기도 한다. 앵무새는 여자아이 앞에서 얌전하게 머리를 숙이고 동그란 혀를 부리 안에서 달싹이며 "어서 와, 누나" 하고 잠긴 목소리로 중얼댄다.

그리고 손님은 손님인데 서점에서 책을 사지 않고 서점을 나와 정원을 가로질러 별채로 향한다. 동이 트기 전 서서히 어둠이 걷히기 시작한 봄의 정원을 바람이 스치듯 사뿐사뿐 걸어간다. 별채에서는 젊은 점장 잇세이가 이불을 덮고 혼자 자고 있다. 항상 밤늦게까지 서점의 잡다한 일을 처리하거나 컴퓨터나 스마트폰으로 출판 관계자들과 소통하는 잇세이는 잠자리에 드는 시간도 늦다. 그래서 그 손님이 이 집과 서점에 찾아오는 시간에는 이불 속에서 깊은 잠에 빠져 있다.

그래서인지 잇세이는 손님이 방에 들어와도 모른다. 손님이 머리맡에 앉아 부드러운 표정으로 자는 얼굴을 쳐다보아도 눈을 뜨지 않는다.

고양이에게는 신비한 능력이 있어 인간들의 혈연관계를 알 수 있다. 친척 집에 처음 놀러 간 아이가 그 집 가족만 따르던 고양이와 처음 만나는데 잘 따르는 것도 자주 있는 일이다. 냄새로 아는 걸 수도 있고 감으로 아는 걸 수도 있다. 고양이는 인간의 유전자를 냄새로 알 수 있기 때문이라고 주장하는 인간도 있지만 앨리스는 물론 거기까지는 잘 모른다. 그저 커다란 눈을 깜박이다 보면 알 수 있다.

그래서 이 손님이 잇세이와 남매라는 것을 알았다. 잇세이를 만나러 온 것이다.

고양이에게 형제는 특별하다. 그래서 앨리스는 자고 있는 잇세이를 핥아서 깨우려고 했다. 그래도 일어나지 않으면 이불 위로 올라가 몸 위를 걸어 다니거나 마지막 수단으로 서가에서 배 위로 뛰어내리려고 생각했다. 그 정도면 잇세이가 잠에서 깬다는 걸 앨리스는 알고 있다.

하지만 여자아이는 앨리스를 말렸다. 깨우지 않아도 된다면서 웃어 보였다. 그냥 자게 두자고 말하지 않아도 앨리스는 그 뜻을 알아차렸다.

그리고 여자아이는 한없이 부드러운 눈빛으로 잇세이가 자는 모습을 지켜보았다. 너무나도 그리움이 가득한 눈빛이었다. 머나먼 옛날, 아기 고양이였던 앨리스를 안아주었던 엄마 고양이의 눈빛을 아스라이 떠올렸다.

그렇게 새벽녘, 수상한 손님은 가끔 오후도 서점과 잇세이의 머리

밑을 살며시 핥아온다. 인간들은 아무도 눈치채지 못했지만. 말을 못하니 잇세이에게 전하지는 못했지만, 손님은 아무도 몰라줘도 즐거워 보였기 때문에, 아니 차라리 들키지 않으려는 듯 보였기 때문에 앨리스와 앵무새는 지켜볼 뿐이었다.

날이 밝고 금빛 햇살이 산골짜기 마을에 가득 뿌려지면 수상한 손님은 어딘지 모를 곳으로 돌아갔다.

앨리스는 몇 번이나 그 모습을 지켜보았지만 조금 전까지만 해도 보이던 뒷모습이 순식간에 흐릿하게 사라져버려서 그 아이가 어디로 가는지는 몰랐다.

아마 앨리스가 갈 수 없는 곳으로 간다고 생각했다.

고양이 앨리스는 어디든 가려고 마음먹으면 갈 수 있었다. 고양이는 멀리 달릴 수도, 높은 곳에 올라갈 수도 있으니까. 좁은 틈에 들어갈 수도, 덕분에 몰랐던 샛길도 찾을 수도 있으니까.

하지만 그런 앨리스에게도 가지 못하는 곳이 있다. 오래전에 헤어진 엄마가 간 곳. 아기였던 앨리스가 버려져 길고양이가 되었을 때 부모처럼 보살펴주었던 착한 고양이가 병으로 죽고 빈 가죽만 남기고 간 곳이다. 언젠가 앨리스도 가게 될 그곳에서 많은 생명이 자신을 기다리고 있다는 것을 앨리스는 알고 있다. 고양이는 하늘 저편에 아직은 갈 수 없는 그런 장소가 있다는 것을 잘 알고 있다.

어느 날 아침, 숲속에서 혼자 살고 있는 고독한 외계 이방인의 집에

'손님'이 살며시 찾아왔다. 고양이 앨리스도 모르는 일이었다.

마음씨 고운 여자아이는 하늘 세상으로 돌아가기 전에 외로워 보이는 누군가를 느끼고 일부러 작은 집에 찾아가 문을 두드려보았던 것이다. 두드린다고는 해도 아침 햇살에 사라져버릴 것만 같은 그 작은 주먹은 문을 두드리는 소리조차 너무나 작았다.

하지만 다른 별에서 온 이방인은 그 작은 소리를 듣고 환영처럼 아른거리는 아이를 보자 미소 지으며 이 땅의 아이에게 그랬던 것처럼 조용히 안으로 들어오게 했다.

여자아이는 집이 비좁아 보일 정도로 즐비한 서가와 그곳에 가득 채워진 책들을 눈을 반짝이며 바라보았다. 이방인은 이 수상한 손님이 이 세상 사람이 아니라는 것을 알아채고 가슴이 먹먹했다. 이 아이의 가족은 어떻게 된 것일까 하고. 그 역시 까마득히 먼 옛날, 고향 별에 두고 온 아이가 있었기에.

그 후 소녀는 숲속 작은 집에 계속 찾아오게 되었고 소녀와 외로운 이방인이 많은 이야기를 나누면서 그들 사이에 우정이 싹트게 된 것을 이 산골짜기에 사는 사람들은 아무도 몰랐다.

이야기를 좋아하고, 하늘은 나는 것을 동경했으나 어른이 되지 못한 채 짧은 생을 마친 소녀는 착한 이방인으로부터 끝없는 우주여행 이야기를 듣고 은하 연방의 존재를 알게 되었다. 고향을 잃어버린 이방인은 세월의 저편에 존재했던, 지금은 사라진 아름다운 것들에 대해 소녀에게 들려주었다. 그리고 그 투명한 손으로는 책장을 넘길 수 없는 소녀를 위해 서가에 꽂힌 책을 꺼내 읽어주었다.

소녀는 눈을 빛내며 흔들의자에 앉은 이방인 옆으로 다가갔다. 생전에 소녀는 책을 정말로 좋아해서 온 세상의 책을 다 읽는 것이 꿈이었다. 하지만 아마도 살아 있는 동안 다 읽을 수는 없었을 것이다. 언젠가 자신이 나이를 먹고 죽고 난 미래에 출판된 책을 읽을 수 없다는 것이 슬펐다고 말했다. 이방인 역시 같은 생각을 한 적이 있어서 그 마음을 이해할 수 있었다. 그가 살던 별에서 책은 이런 형태가 아니었지만 사라진 그 별에도 분명 언어를 묶어 형태로 만든 것이 있었고 그는 그것을 사랑했다.

'수많은 언어가 별과 함께 사라졌지만.'

이렇게 멀리 떨어진 별의 숲속에서, 따뜻하게 불을 지핀 난로 곁에서, 이 별에서 태어난 아이의 영혼과 소통할 때 언어가 되살아나 작은 빛처럼 반짝인다는 것을 알았다.

'언어는 죽지 않는구나.'

분명 책도. 이야기도.

씨실과 날실로 짠 언어들은 언젠가 혹여 형태를 잃는다 해도 사라지지는 않는다고 생각했다. 아주 잠시 보이지 않을 뿐이다. 읽는 이와 재회할 그날까지 우주의 어딘가에서 잠들어 있을 뿐이다.

지금 이 순간 숲속 작은 집에 동화처럼 평온한 시간이 흐르고 있다. 마을 사람들은 알아채지 못하는 시간이 때때로 이곳에 존재한다. 이를 아는 것은 아마도 숲에 사는 작은 동물들뿐이리라. 혹은 쉼 없이 부는 바람과, 하늘에서 지켜보고 있는 달과 별과, 이 별에 숨어 있는 이 세상 존재가 아닌 무언가도 알고 있는지도 모른다. 흐뭇하게 바라보고 있는지는 모르겠지만.

아무튼 인간은 똑똑해 보이지만 조금 멍청하다고 앨리스는 생각한다. 심지어 둔하기까지 하다. 그래서 고양이들이 곁에서 챙겨주지 않으면 안 되었다. 이 커다란, 밤에도 잘 보이는 눈으로. 아무리 작은 소리도 들을 수 있는 귀로.

인간들이 불행해지지 않도록. 외로운 기억을 품지 않도록.

인간이란 정말로 고독하지 않을 때에도 혼자라고 생각해 의기소침해지니까. 누군가가 따뜻한 눈길로 바라보고 있어도 알아채지 못하니까.

가령 잇세이가 밤늦은 시각, 불을 끈 서점에 혼자 남아 컴퓨터 책상 앞에 앉아 신간을 발주하거나 책에 붙일 POP를 준비하고 있을 때. 피곤함에 자신의 어깨를 두드려가며 서점에 붙일 소식지를 직접 만들고 있을 때. 어릴 때 돌아가신 아빠가 만들어준 크림소다의 레시피를 미소 지으며 여백에다 쓰고 있을 때.

오후도 서점의 고요한 실내에서, 그 어둠 속에서 움직이는 남자의 기척이 있다는 것을. 앨리스는 알고 있다. 잇세이가 피곤해하거나 시무룩하거나 자신감을 잃었을 때 그 기척을 느끼는 일이 많은 것 같다.

그것은 덩치가 큰 남자의 모습이다. 입가에 환한 미소를 띤 그 남지는 낡은 양복을 입고 있거나 늘어난 운동복 차림으로 때에 따라 다른 모습이었다. 그저 변함없이 잇세이를 뒤에서 조용히 지켜본다. 행복한 듯이 때로는 고개를 끄덕여가며. 그 사람도 잇세이의 '가족'이라는 느낌이 들었다.

어느 날 잇세이가 너무 피곤한 나머지 작업하던 테이블에 엎드려 잠들어버린 일이 있었다. 추운 겨울밤이었다. 잇세이는 무언가 무척 고민하다 주저하더니 이내 생각하는 것에 지친 듯한 표정으로 잠들었다. 그 사람은 잠든 잇세이 곁으로 다가가 뒤에서 살며시 어깨를 감싸 안았다.

"괜찮아. 잘하고 있어"라는 말이 앨리스의 커다란 귀에는 들리는 듯했다. 그것은 아주 희미한 바람이 부는 것 같은 소리였지만 부드럽고 따뜻한 목소리였다. 그러고는 커다란 손으로 잇세이의 머리를 쓰다듬었다.

잇세이는 눈을 뜨고 뭔가 신기한 듯 서점을 둘러보았다. 자기 머리에 손을 얹더니 잠시 무언가 생각하다가 이윽고 힘차게 기합을 넣고 다시 작업을 시작했다. 더 이상 고민할 것도 없었다. 입가에 돌아가신 아빠와 많이 닮은 밝은 미소가 어려 있었다.

작가의 말

이 책에 수록된 이야기들은 본편《오후도 서점 이야기》와 속편《별을 잇는 손》에 이은 번외편이라고 할 수 있습니다. 본편과 같은 시간대를 배경으로 한 이야기와 후일담을 함께 담았습니다.

　본편《오후도 서점 이야기》는 어디까지나 서점 직원인 츠키하라 잇세이의 이야기로, 저는 물론 주인공 잇세이를 좋아하지만 그를 둘러싼 서점 사람들이나 그의 가족들처럼 주변 인물에게도 애정을 품고 있던 터라, 언젠가 그들의 이야기를 들려주고 싶은 마음을 항상 가지고 있었습니다. 다행히 PHP연구소로부터 잡지〈분조〉에 연재 의뢰를 받아 그들의 이야기를 쓸 수 있게 되었습니다.

　단지 이번 작품은 제목에 '꿈'이라는 말이 들어가 있듯이 확실한 판타지이며 기묘한 이야기라는 점이 본편과 다릅니다. 이 자리를 빌려

양해를 구하고 싶습니다만, 유령이 나옵니다. 요정과 외계인도 나옵니다. 그런 의미에서 '꿈 이야기'라는 제목을 붙여보았습니다. 본편에 등장하는 인물들이 일상에서 한 걸음 떨어진 곳에서 만나는, 꿈인지 현실인지 알 수 없는 이야기를 담았습니다.

이야기를 쓰면서 정말 즐거웠습니다. 제가 원래 판타지 전문 작가라서 그렇기도 했지만, 곰곰이 생각해보면 제가 독자로서도 '평소에는 현실 세계에서 살고 있는 주인공들이 번외편에서는 현실 세계와는 조금 다른 분위기를 가진 세상에서 활약하는 모습'을 그린 이야기를 좋아하기 때문일지도 모릅니다. (소설은 아니지만 예전의 특수 효과로 촬영된 히어로물이나 액션 드라마에서 여름에 괴담을 바탕으로 한 이야기나, 유령이나 요괴 같은 존재가 등장하는 이야기를 어릴 때부터 좋아했습니다.)

또 한 가지, 이번 이야기를 쓰면서 문득 깨달은 것은 《오후도 서점 이야기》를 처음 구상할 때가 오히려 이번 이야기에 가까웠다는 사실입니다. 산골짜기 마을에 마음의 상처를 입은 주인공이 찾아와 작은 서점을 폐점 위기에서 구하는 줄거리는 같지만, 처음에는 조금 더 판타지에 가까운 전개를 생각했습니다. 언젠가 밝힌 바대로 폐교의 도서관에 소녀의 모습을 한 책의 정령과 영혼이 깃든, 말하는 인형이 등장할 예정이었습니다. 그래서 마을 사람 하나하나와 관련된 책 이야기를 판타지나 공포소설의 요소를 가미해 연작 형태로 이끌어가고 싶다는 생각을 어렴풋이 하고 있었습니다. 사쿠라노마치라는 마을에서 벌어지는 판타지를 한 청년을 중심으로 엮을 생각이었습니다.

결국《오후도 서점 이야기》를 쓰면서 점점 현실적인 서점 직원들의 이야기로 흘러가다 보니 판타지 요소는 어쩔 수 없이 덜어내야만 했습니다. 비록 정령 소녀와 말하는 인형은 등장하지 못하게 되었지만 판타지 요소의 변형이랄까, 잔향은 고양이 앨리스와 앵무새 선장이 되었다고 생각합니다.

그런 의미에서 꿈과 신비와 불가사의한 일이 등장하는 환상 문학으로 '오후도의 이야기'를 완결할 수 있었던 것은 일종의 원점으로의 회귀라고 할까요. 본연의 장소, 본연의 모습으로 돌아온 게 아닐까 생각합니다.

이번 번외편을 위해 준비해두었던 이야기 중에 지면과 시간 관계상 쓰지 못했던 이야기도 아직 남아 있습니다. 소노에가 주인공인 시간을 초월한 판타지라든지, 마을 고양이들이 외계인과 함께 사쿠라노마치를 지키기 위해 싸우는 이야기라든지, 구루미가 만화가가 되는 과정에서 벌어지는 한때의 꿈같은 이야기라든지. 남은 이야기는 언젠가 기회가 주어진다면 꼭 쓰고 싶습니다.

본편《오후도 서점 이야기》는《별을 잇는 손》으로 완결됐지만 등장인물의 생명이 끝난 것도, 그 인생이 완결된 것도 아닙니다. 제 안에서는 이후의 사쿠라노마치와 가자하야의 긴가도 서점(그리고 호시노 백화점)의 역사가 제각기 살아 숨 쉬고 있습니다. 언제가 될지 모르지만 어떠한 형태로든 그들의 이야기를 쓸 생각입니다. 언젠가 이야기가 책이 되는 날이 오게 되어 만날 기회가 있다면 읽어주시길 바랍니다.

《오후도 서점 이야기》에 등장하는 사람들은 모두 책과 서점을 사랑합니다. 저 자신도 그런 사람으로, 어릴 때부터 책과 책이 있는 곳에서 성장했기 때문에 그런 이야기를 쓰는 것은 자연스러운 일이었습니다.

이번 소설에서는 개인적으로 책을 소개하는 북 가이드가 되었다고 할까요, 이야기를 전개하면서 소도구로 예전에 재미있게 읽은 책들의 제목과 줄거리를 함께 짜서 넣어봤습니다.

아주 오래전에 읽었지만 제목을 떠올리기만 해도 마음이 들뜨는 책. 반가움에 설레는 책. 그런 책을 읽던 시절의 오래된 친구에게 연락해보고 싶어지는. 시간이 지나도 남는, 마음의 서가에 소중히 꽂아두고 싶은 책, 그런 한 권을 언젠가 저도 쓸 수 있으면 좋겠습니다.

마지막으로 이번에도 아름다운 표지를 그려주신 게미 씨에게 감사합니다. 오후도의 사람들도 게미 씨가 아름답게 그려주어 행복해할 겁니다. 장정을 맡아준 오카모토 가오리(next door design) 씨에게도 많은 신세를 졌습니다. 감사합니다. 이 책이 멋진 모습으로 서점에 진열될 날을 기대합니다.

교정교열을 해주신 오라이도, 이번에도 정말 수고 많으셨습니다. 사무실이 있는 가구라자카 쪽으로는 발 뻗고 잠들지 못할 것 같습니다. 감사합니다.

PHP연구소, 잡지 〈분조〉, 오후도 시리즈 담당 편집자 Y씨에게도 감사합니다. 항상 제가 하고 싶은 대로 하게 해주셔서 송구하고 감사합니다.

그리고 오후도 서점의 이야기를 사랑해주시는 독자 여러분, 처음으로 이 책과 만난 독자 여러분, 감사합니다. 부디 이 책이 여러분의 취향에 맞기를. 잠시나마 시끄러운 세상을 잊고 즐거운 시간이 되기를 바랍니다.

전국의 서점 직원 여러분, 도서관 직원 여러분. 항상 뜨거운 성원에 감사합니다. 최근 생각지도 못한 전염병과 천재지변으로 힘든 시기를 보내고 있지만 앞으로 분명 여러분에게, 그리고 고객들에게, 모든 이용자분들에게 좋은 일이 많이 생기기를.

세상에 평화로운 날들이 찾아오기를.

그저 행복하게, 느긋하게 책장을 넘기며 이야기 세상에서 마음껏 뛰어놀 수 있는 그런 날이 찾아오기를 기원합니다.

2021년 10월 23일
핼러윈이 다가오는 가을밤에
곁에서 잠든 고양이를 지켜보면서
무라야마 사키